아빠 말은 왜 잘 들을까?

아이 행동에 영향을 미치는 법

아빠 말은 왜 잘 들을까? (아이 행동에 영향을 미치는 법)

발 행 | 2022-06-07

저 자 | 박세용 enjoysbs@gmail.com

표지 디자인 도움 | 미리캔버스 https://www.miricanvas.com

펴낸이 | 한건희

펴낸곳 | 주식회사 부크크

출판사등록 | 2014.07.15(제2014-16호)

주 소 | 서울 금천구 가산디지털1로 119, A동 305호

전 화 | 1670 - 8316

이메일 | info@bookk.co.kr

ISBN | 979-11-372-8488-3

www.bookk.co.kr

아빠 말은 왜 잘 들을까?

박세용 지음

아이 행동에 영향을 미치는 법

'육아의 달인'으로 불리는 아빠가 아들과 벌인 10여 년간의 치열한 두뇌 싸움 보고서

차례

3부
아이

4부
놀이

궁극의 궁금증,
아빠 말은 왜 잘 듣지?

––––––

6살 아이를 데리고 셋이 가족 여행을 갔을 때다. 야외에 있는 한 공연장을 찾아갔다. 11월이라 일교차가 커서 밤 날씨가 꽤 추웠다. 아이는 낮에 입던 옷을 그대로 입고 있었다. 내가 잠깐 화장실에 갔다 오는 사이, 아이 엄마는 아들과 신경전을 벌이고 있었다.

엄마는 '날씨가 추워졌으니까 외투 하나를 더 걸쳐라', 아들은 '싫다, 하나도 안 춥다'고 맞선 것이다. 아이 엄마는 평소에 추위를 잘 타고, 아들은 추위를 잘 안 타서 도무지 접점이 없어 보였다. 이런 대치가 길어지면 아이 엄마는 '얘가 누굴 닮아서 이렇게 말을 안 듣는 건지' 신경이 곤두설 수 있다. 그날도 결국 아빠가 나서야 했다.

"자, 아들. 아빠가 이 옷으로 목도리 어떻게 만드는지 마술 보여줄까?"

마술? 그런 게 어디 있겠나, 난 화장실 갔다 오는 길인데. 난 옷의 양쪽 팔 부분을 대충 살짝 묶어서 아이 머리를 넣을 수 있게 구멍을 만들었다. '짜잔!' 어설픈 효과음도 넣었다. 급조한 깜짝 마술을 끝내고 목도리가 된 옷을 아이 목에 걸쳐줬다. 옷의 양 팔이 아이 목을 감쌌고, 나머지 부분은 얼추 등을 덮어줬다. 아이는 가만히 앉아서 공연을 기다렸고, 아이 엄마는 옆에서 허탈한 표정을 지었다. 곧 가족의 평화가 찾아왔다.

'추우니까 옷이라도 걸쳐야지'라는 직설적이고 정직한 화법만으로는 아이를 움직이는데 한계가 있다. 육아를 조금이라도 편하게 하려면 늘 잔머리를 써서 아이 심리를 이리저리 건드려야 했다. 그렇게 부대끼다 보니, '마법의 목도리'처럼 성공한 사례들만 모아 이제 한 권의 책을 낼 정도가 되었다. 이 책은 아빠가 아들을 상대로 몇 년에 걸쳐 벌인 두뇌 게임의 결과물이다. 아이 엄마는 나를 '육아의 달인'이라고 불렀다.

"애가 어쩜 그렇게 말을 잘 들어요?"

난 2년 전, 아이를 돌보려고 육아휴직을 결심했다. 자연스럽게 놀이터에서 아이 친구의 엄마들을 만나는 날이 많았다. 내가 자주 받은 질문 가운데 하나는 '아이가 말을 잘 듣는 비결'이 무엇이냐는 것이다. 아이를 자주 지켜보는 친구 엄마가 그렇게 물어볼 정도라면, 통제 불능 아들을 키우는 전국의 엄마 아빠들도 비결을 궁금해 할 것 같았다. 이 책은 그 질문에 대한 한 권의 대답이기도 하다. 평범한 아빠가 아이 돌보다 속 터지는 상황에서 그 위기를 어떻게 넘겼는지 구구절절 시시콜콜 담았다.

직업이 직업인지라, 그날그날 있었던 일을 있는 그대로 메모해 둔 것이 책의 뼈대와 살을 이루었다. 물론 책에 담긴 해법이 독자의 아이에게 명쾌하게 적용된다는 보장이 없다. 하지만 아이들 성향이 저마다 다르다고 해도, 아들 육아에 일정한 공통분모는 존재하지 않을까? 아들 부모들끼리 만나 대화하면 마음이 잘 통하는 것처럼 말이다. 육아의 위기가 닥칠 때마다 해도 해도 안 되면, 이 책에 나온 방법도 써보시기를 권한다. 아이의 심리를 이용한 창의적인 방법으로 육아 스트레스를 조금이나마 덜어봤으면 한다.

아들 육아, 스트레스 좀 덜 받자

이 책은 진지한 육아서가 아니다. 육아의 그럴듯한 가치나 지향점을 담고 있지 않다. 그런 고상한 의미를 논하는 것이라면 시중에 훌륭한 책들이 이미 많이 나와 있다. 아이 심리와 교육을 전공한 전문가나 교육 관련 업체에 종사하는 분들이 내놓은 책들이다. 그와 달리 이 책은 육아의 본질적인 지향점 대신 아주 말초적인 사례들을 담고 있다. 예를 들면, 어떻게 하면 부모가 스트레스 없이 아이한테 책을 읽히고, 동영상 시청 시간을 관리하며, 아이 힘만 빼놓는 놀이를 해줄 수 있는지, 그런 현실의 문제들이다.

이건 육아의 잔머리라고 부를 만한 것들이다. 부모들이 가장 궁금할 만한 팁이다. '내 아이를 장차 어떤 사람으로 키울 것인가'와 같은 먼 지향점도 중요하지만, 당장 '부모들 뒷목 잡게 하는 스트레스, 어떻게 하면 좀 덜 받을까'처럼 눈앞의 문제를 고민하는 것도 중요하다. 기왕 아이 키우는 거, 부모가 편하고 수월하게 키워야 하지 않겠는가? 삶을 날 것 그대로 드러내는 일이 창피할 따름이라, 원고를 다 써놓고 2년간 고민만 하다가 결국 책을 내기로 결심한 것도 그 때문이다.

아이 데리고 놀러 간 곳이 300여 곳

난 아이가 어린이집과 유치원을 다니는 4년간 운 좋게도 등원하는 날의 아침 케어를 책임질 수 있었다. 아이가 초등학교 1학년이 된 뒤에도 아빠의 '등원 도우미' 역할은 계속됐다. 아이를 깨우고, 먹이고, 옷을 입힌 다음, 아이는 학교로 나는 회사로 향했다.

육아휴직을 하기 전까지, 난 쉬는 날 틈만 나면 아이를 데리고 놀러 다녔다. 그렇게 다닌 곳이 300여 곳에 달한다. 아들 육아의 실전 경험은 적지 않다고 자부한다. 가끔 아이만 데리고 나가면, 엄마에게는 혼자 있는 휴식 시간을 선물해 줄 수 있었다. 어쩌다 보니 아들과 참 오랫동안 '지지고 볶고' 있다.

아빠가 문제를 해결한 스토리를 모아 놓으니, 거꾸로 '아이한테 문제가 있는 걸까?' 오해할 것 같은 괜한 걱정도 든다. 하지만 전혀 그렇지 않다. 아들은 다른 아이들이 그런 것처럼, 사랑스럽고 무한한 가능성을 품고 있다. 아들 키우느라 10년 넘게 고생하고 있는 아이 엄마에게 각별하고 진심 어린 고마움을 전한다.

2022년 6월

박 세 용

1부 — 배움

어떻게 책 읽힐까? '뽀로로 쿠폰'의 지혜

아들은 정말이지, 통제가 힘들다. TV와 스마트폰, 태블릿PC를 보는 문제부터 그렇다. 아이를 영상 매체에서 철저히 단절시킬 수도 없고, 부모에게 남은 건 스마트폰과 TV 등으로 영상 접하는 시간을 어떻게 관리해줄 것이냐이다. 분명 많은 부모의 고민거리일 것이다. 어렸을 때부터 밥 먹을 때 아이 옆에 스마트폰 영상을 틀어주는 부모도 그게 바람직한 방법이라고 생각하지는 않을 것 같다. 부모는 뭔가 대안에 목말라 있을 것이다. 어떻게 할 것인가.

이런 건 누가 일일이 가르쳐줄 수도 없다. 딱히 아이디어가 없을 때, 아들에게 가장 쉽게 할 수 있는 것은 잔소리이다. 잔소리도 처음 시작할 때나 아이에게 다정다감한 말투로 나오지, 몇 번 하다 보면 뉘앙스가 자기도 모르게 날카로워지게 마련이다.

"이제 그만 보자~"
"싫어."

영상에 푹 빠져 있는 아이한테 "그만 봐"라는 말보다 귀에 들어오지 않는 말도 없을 것이다. '이제 그만', '싫어'의 무한 반복에 부모는 진이 빠지고 스트레스가 스멀스멀 올라온다. 이럴 때 부모들은 동영상을 보는 시간의 '총량'을 정하기도 할 것이다. 사실 가장 쉽게 떠오르는 방법이다. '하루에 2시간만 보자~' 아이와 약속하는 것이다. 아이가 시간의 개념을 알고, 말을 어느 정도 알아들을 때쯤이면 이렇게 시간의 총량을 정하는 것이 도움이 될 수 있다. 물론 아이가 잘 따라준다는 것을 전제로 말이다.

우리 집도 아이가 5~6살 정도로 어렸을 때는 시간의 총량을 정했었다. 하루에 1시간 반에서 2시간 정도만 영상을 보자고 했다. 시간에 더해 동영상의 '내용'에도 제한을 걸었다. 아이에게는 영어 애니메이션만 보도록 허락됐다. 아이들한테는 이름만 대면 알 만한 옥토넛, 퍼피구조대, PJ마스크, 리틀팍스의 영어 동화, 영어 버전의 뽀로로 등. 아이는 자기가 좋아하는 영상을 번갈아 가며 봤다. 마치 유행을 타는 것처럼, 어떤 날은 옥토넛을 한참 보다가, 뽀로로로 갈아타기도 했다.

영상 시청 욕구를 이용할 수는 없을까?

아이가 초등학교에 들어간 뒤다. 시간의 총량을 제한하는 방법의 '약발'이 떨어지기 시작했다. 많은 경우 육아의 잔머리는 그 유효기간이 길지 않은 것 같다. 아이와 끝없는 두뇌 게임을 벌여야 한다. 아이가 부모의 속내를 눈치 채면, 부모는 전략을 업데이트해야 한다. 시간 총량제도 마찬가지였다. 아이는 자꾸 '하나만 더 볼게'를 주장했다. 아이는 떼를 쓰고, 부모는 혼을 내고 반복됐다.

영상 시청 시간을 1시간 반으로 제한해도, 보다 보면 2시간을 넘기기 일쑤였다. 우리 부부는 2시간이 넘으면 지나치다고 생각했다. 이렇게 아이와 부모의 의견이 대립하기 시작하면 또 피곤해진다. 난 피곤한 상황이 지속되는 걸 원하지 않았다. 새로운 육아의 룰, 전략을 만들고 싶었다. 룰이 있어야 아이도 부모 말을 쉽게 따를 것이고, 부모도 아이도 육아가 편해진다. 좋은 방법 없을까? 며칠간 고민에 고민을 거듭하다 무릎을 탁 쳤다. 집에서만 유통되는 영어 동영상 쿠폰을 발행하는 것이다.

이 방법은 사실 내가 고안한 것이 아니다. 아이들이 직업 체험을 하는 '키자니아'라는 곳에 가보면 비슷한 제도가 있다. 아이들은 초콜릿 만드는 체험, 전동차를 타보는 체험, 음식을 만들어보는 체험을 대개 좋아한다. 그래서 그런 인기 체험장은 애들이 늘 바글바글하다. 주말이 아닌 평일에 가도 그렇다. 대기 시간이 1시간을 훌쩍 넘기기 일쑤다. 장시간 기다려야 하는 것은 부모와 아이 모두에게 지루한 심리적-신체적 도전이다. 일부 인기 체험장에만 아이들이 몰리는 것을 막기 위해 업체가 내놓은 방법이 키자니아 내부에서만 쓰는 '키조'라는 화폐 제도다.

인기 많은 곳을 체험하려면 키조를 지불해야 한다. 반면 상대적으로 인기가 덜한 곳을 체험하면 키조를 받게 된다. 인기 많은 곳을 몇 군데 체험하다 보면 키조가 부족해지기 때문에 부모는 아이를 자연스럽게 키조를 받는 체험장으로 유도하게 된다. 아이는 여러 체험을 골고루 할 수 있고, 업체 입장에서는 일부 인기 체험장에만 아이들이 몰리는 현상을 조금이나마 완화할 수 있다. 아이를 데리고 갔을 때, 참 묘한 효과를 내는 제도라고 생각했는데, 그게 갑자기 떠오른 것이다. 나는 키조의 아이디어를 빌려오기로 했다.

'뽀로로 쿠폰'을 발행하자

나는 우리집의 쿠폰 발행 기관이 되기로 했다. 쿠폰 1개로 영어 동영상을 30분간 시청할 수 있도록 했다. 쿠폰 1개에 30분이든, 1시간이든 부모 재량이다. 쿠폰에는 뽀로로 이미지나 영어 동화 브랜드를 넣어 그럴싸하게 만들었다.

쿠폰의 장점은 일단 아이가 신기해할 수 있다는 것이다. 집에서 그냥 보던 동영상인데, 아빠에게 '뽀로로 쿠폰'을 줘야 볼 수 있다니! 공짜로 보던 것을 쿠폰을 줘야 볼 수 있다고 하면 아이가 싫어할까? 나중에는 그럴 수 있다.

아이가 책을 보면 지급한 뽀로로·리틀팍스 영어 동영상 쿠폰

· · · · · ·

하지만 쿠폰에 그림을 넣어서 만들면 아이가 잉? 와! 하면서 좋아할 수도 있다. 다행히 아이의 첫 반응은 '신기함'이었다. 본인이 뭔가 돈 비슷한 것을 갖게 되었다는 느낌이 신기했던 모양이다.

난 쿠폰에 핵심적인 룰을 추가했다. 쿠폰은 무상 지급이 아니다. 아이는 어떻게 해야 쿠폰을 받을 수 있을까? 아이가 동영상을 보고 싶은 욕구를 거꾸로 이용해 내가 권장하는 행동을 하도록 유도했다. 바로 독서다. 부모가 굳이 권하지 않아도 아이가 책을 붙들고 놓지 않는 집도 있겠지만, 그렇지 않은 아이들도 많을 것이다.

아빠는 한국은행처럼 쿠폰을 발행할 수 있지만, 아이가 그 쿠폰을 손에 넣으려면 반드시 책을 봐야 한다. 책을 2권 읽으면 쿠폰 1개를 받도록 했다. 비인기 체험을 하고 받은 키조로 인기 체험을 하는 것처럼, 책을 읽고 받은 쿠폰으로 동영상을 보도록 한 것이다.

또 한 가지의 룰. 쿠폰의 '현금화'가 가능하도록 했다. 쿠폰 1개는 현금 200원으로 언제든지 바꿀 수 있도록 환전 비율을 정했다. 고정 환율이다. 사실 아이가 더 어렸을 때는 '독서왕 스티커'를 30개 붙이거나, 50개, 혹은 100개를 붙이면 부모는 일정한 금액을 용돈으로 주기도 했다. 그런데 이런 방식은 효과가 오래 가지 않았다. 아이가 책을 꾸준히 읽는데 결과적으로 큰 도움이 되지는 못했다.

아이는 스티커 50개를 붙이면 용돈을 주겠다고 하자, 스티커가 40개쯤 되었을 때 독서 스피드를 올려 50개를 채웠다. 용돈을 받은 뒤 뭔가 욕구가 충족되고, 다시 스티커를 1개부터 시작하게 되면 아이는 책에 쉽사리 손을 대지 않았다. 목표가 너무 멀리, 까마득해 보이기 때문인 것 같았다. 그때부터는 다시 '책 좀 보라'는 잔소리의 유혹을 느꼈다. 물론 아이는 듣지 않는다. 책 50권이라는 먼 목표는 아이의 행동을 변화시키는데 한계가 있었다. 그래서 시도한 것이 쿠폰의 현금화다.

난 이 제도를 생각해 아이 엄마에게 먼저 의견을 물었다. 괜찮을 것 같다는 답이 돌아왔다. 난 A4 종이에 이 룰을 적은 다음, 초등학교 2학년이 된 아들에게 어느 날 슬쩍 내밀었다. 아이의 일상을 바꾸는 새 정책을 내놓을 때는 나름 계산된 전략이 필요하다.

아이한테 미안한 말이지만, 싫어할 만한 내용은 굳이 강조하지 않고, 좋아할 만한 내용은 전면에 내세워 홍보해야 한다. 이런 룰을 처음 들으면 아이는 복잡하다고 느낄 수 있기 때문에, 한꺼번에 모든 것을 설명하는 것은 도움이 되지 않는다. 아이의 관심을 끌기 위해서는 귀가 솔깃한 첫 멘트만 던지면 충분하다.

"아빠가 새로운 걸 개발했어. 근데 대박이야!"

"응? 뭔데?"

밑도 끝도 없이 그저 '대박'이라고 하면 아이는 궁금할 수밖에 없다. 일단 관심을 끌어놓고 아이가 좋아할 만한 내용을 쉽게 설명해주면 된다.

"과자 먹으려면 돈이 필요하잖아."

"응."

"근데 지금까지는 네가 돈을 못 버니까, 과자를 못 사 먹었잖아. 엄마나 아빠가 사줘야 했잖아."

"응."

"그런데 이제부터는 네가 진짜 돈을 벌 수 있어. 진짜 대박이지?"

이 정도 얘기만 해줘도 아이는 눈이 휘둥그레진다. '독서-영어 동영상' 연동제는 그렇게 시작되었다. 사실 아이 입장에서 따지고 보면, 별로 좋을 것 없는 제도다. 지금껏 시간의 총량만 정해져 있던 영어 영상은 졸지에 '유료'로 전환 되었고, 가끔 엄마 아빠가 그냥 사주던 과자나 간식도 이제 자급자족을 해야 하기 때문이다.

난 아이가 내 얘기를 듣고 단칼에 '싫어!' 해버리면 어쩌나 걱정했지만, 장점을 전면에 내세운 홍보 전략 덕분인지 큰 반대 없이 아이의 허락을 받았다. 아빠와 아들은 새로운 룰을 숙지하고 자필 서명했다.

> "근데, 내가 책을 엄청 많이 볼 건데, 쿠폰이 금방 많아질 거 아니야. 그럼 남은 쿠폰은 어떻게 해?"
> "아빠가 그런 거 다~ 생각을 해놨지. 진짜 대박인 게, 남은 쿠폰은 내일도 쓸 수 있어!"

예상 질문에 대해 간단한 질의응답도 해준다. 제도의 효과는 바로 나타났다. 내일부터 해보자고 했지만, 아이는 당장 책을 읽겠다고 나섰다. 자기가 '돈을 벌 수 있다'는 신선한 충격을 받고 아이는 독서에 열을 올리기 시작했다. 식당도 처음 문을 열면 매출이 반짝 오르기도 하는 것처럼, 새로운 쿠폰제의 도입도 마찬가지인 것 같았다.

아이는 거실에 꽂혀 있는, 관심도 갖지 않던 책을 잔뜩 꺼내 읽으면서 독서, 즉 경제활동을 시작했다. 시행 첫 날, 아이는 책을 단숨에 20권 넘게 읽었다. 부자가 서명한 룰에 따르면 10개의 쿠폰을 줘야 하고, 아이가 현금 교환을 요구하면 2천 원을 줘야 한다. 독서에 탄력이 붙었을 때는 실제로 아이가 책을 단기간에 40~50권 읽어서 5천 원 가까이 준 적도 있다.

"천천히 좀 읽어. 많이 안 읽어도 돼."

쿠폰제 시행 직후에는 내가 독서를 말리는 상황이 연출되었다. '얘가 책을 계속 이렇게 읽으면 어쩌지?' 속으로 걱정 될 정도였다. '처음이니까 반짝 그렇겠지'라고 스스로를 안심시키기도 했다. 9살 아이에게는 큰돈인 5천 원을 줄 때도, 이러다 '몇 만 원 주게 되는 건 아닌가' 불안했다.

그래도 아이와 자필 서명까지 한 마당에 내가 먼저 신뢰를 깨트릴 수 없었다. 책을 소리 내서 또박또박 읽기로 약속했지만, 뭔가 먹으면서 책을 읽을 때는 마음속으로 읽을 수밖에 없다고 아들은 주장했다. 한 입으로 두 가지 일은 못한다는 논리였다. 마음속으로 읽었다고 하면 아이를 믿고 쿠폰을 줬다.

시간이 흐르면서 다행히(?) 예상대로, 아이의 독서량은 서서히 줄기 시작했다. 영어 동영상을 보는데 필요한, 딱 그만큼만 책을 보는 날이 많아졌다. 동영상을 하루 최대치인 1시간 30분을 보려면 30분짜리 쿠폰 3개가 필요하니까, 아이는 책을 하루에 6권씩 읽었다. 책을 6권 이상 읽은 날은 남은 쿠폰을 다음날 쓰거나 현금화 할 수 있으니 불만이 없었다.

아이는 또 자기가 원하는 과자나 다른 간식이 있을 때는 그 가격에 맞게 책을 읽기도 했다. 어느 날 갑자기 책을 잔뜩 꺼내 읽고 있어서 이유를 물어보면, 과자를 사서 학원에 가겠다고 대답한 날이 있었다. 간식 자급자족에 아이는 잘 적응했다. 쿠폰제는 나름 안정적으로 정착되었다.

아이가 책 자체를 좋아하게 해줘야지, 그런 식으로 책을 읽혀봐야 무슨 소용이냐고 생각할 수 있다. 아이들 독서 전문가가 이런 쿠폰 얘기를 들으면 정말이지 혀를 '끌끌' 찰 것이다.

맞는 말씀이다. 천박한 방법 맞다. 하지만 현실에서는 독서보다 친구랑 어울리고 뛰어 노는 걸 좋아하는 아이들이 수두룩하다. 특히 남자아이들은 더 그럴 것이다. 놀이터에서 친구랑 무작정 뛰어다니는 것이 책상 앞 독서보다 더 신나는 일이다.

그럼 부모는 어떻게 해야 할까? 책 본연의 즐거움을 느껴야 하니까, 책과 친해지도록 도서관을 자주 가볼까? 일명 '도서관 육아'에 도전해야 할까? 책을 좋아하는 아이라면 먹힐 수 있을 것이다.

하지만 효과가 신통치 않았다. 아이는 도서관에 몇 번 가보더니 그 공간 자체를 좋아하지 않았다. '정숙'이라는 문구조차 불편한 아이들도 있을 것이고, 도서관에서 만화책만 찾아 읽는 아이를 보며 속이 터지는 부모도 있을 것이다.

만약 그런 아이라면 집에서 쿠폰제를 해볼 만하다. 처음에는 쿠폰을 받으려고 책을 읽겠지만 나중에는 책 자체를 좋아하는 아이가 될지도 모른다. 시도는 천박했으나, 결과는 이상적일 가능성도 있는 것 아닐까?

"이 책만 또 볼래!"

쿠폰제의 예상된 부작용도 언급해야겠다. 아이는 누가 설명해주지 않아도 아주 경제적인 선택을 하기 시작했다.

글자 수, 이른바 '글밥'이 적은 책을 골라 읽기 시작한 것이다. 독서의 편식이 나타났다. 글밥이 적은 책은 읽고 또 읽었다. 특히 글밥이 적고 스토리가 재미난 책은 아이의 사랑을 독차지했다. 한번 읽은 책은 치우고 다른 책을 건네고 싶었지만 내가 나서서 그렇게 하지는 않았다.

아이는 '홍길동'이든 '장화홍련'이든 읽고 또 읽어 책의 스토리를 줄줄 꿰고, 차에서 오디오북을 들려줄 때면 이미 외운 다음 내용을 오디오북보다 먼저 말하고, 보란 듯 씩 웃기도 했다. 아이가 똑같은 책을 매번 읽다가 조금씩 지겨워하는 눈치가 보이면 그 책은 쿠폰 지급을 중지하겠다고 알렸다. 양자가 서명한 룰에는 없는 행위였지만 아이는 자연스럽게 다른 책으로 갈아탔다.

쿠폰제를 둘러싸고 아이와 가끔 논란이 벌어지기도 한다. 책 2권에 쿠폰 1개인데, 어떤 책은 두껍고, 어떤 책은 얇고, 저마다 다른 것이다. 그러니 조금이라도 글밥이 많은 책을 읽으면 아이는 '책 1권에 쿠폰 1개'를 주장하기 시작했다.

책과 쿠폰의 '교환 비율'에 이견이 생기는 것이다. 그래서 책의 종류에 따라 '쿠폰 교환 비율'을 정하기도 했다.

이 비율은 물론 부모 재량이다. 책에 따라 쿠폰이 몇 개인
지 책장에 일일이 붙여 놓고 나니, 책장은 편의점 진열대
처럼 보였다. 책마다 독서의 가격이 매겨진 셈이다.

이제 아이는 편의점에서 과자를 고르듯 책장에서 책을
골라 읽는다. 그렇게 독서를 권장하는 동시에 동영상 시청
과 간식은 자연스럽게 적정 수준에서 제한됐다. 쿠폰제 시
행 전과 비교하면, '책 읽자', '과자 안 된다'고 말할 필요
가 없어서 편해졌다.

물론, 독서에 가격을 매기는 것을 언제까지나 계속할
수는 없다. 쑥쑥 크면서, 독서가 꼭 필요한 아이에게 책의
맛을 보여주는 미끼 정도가 아닐까?

제주 자연학습, 만장굴로 유인하기

2020년 여름, 9살 아이를 데리고 단 둘이 제주로 떠났다. 제주 한달살이에 나서는 사람들은 저마다 이유가 있을 것이다. 삶에 쉼표를 찍고 싶다거나, 자신에게 선물을 주고 싶다거나. 그런데 내가 제주에 간 이유는 우아하지 않다. 청소도 설거지도 빨래도, 집안일의 무한 반복이 지겨웠다.

가장 큰 이유는 아들이 동물을 워낙 좋아해서다. 아이는 어디든 동물만 있으면 만사 오케이다. 동물한테 먹이주는 체험을 할 때도 아이가 머무르는 시간 동안 도대체 몇 가족이 우리를 지나쳐가는지 모른다. 여느 아이들보다 몇 배는 더 오래 동물을 관찰하고 즐기는 것 같다.

아이는 제주의 돌고래 체험장에서 귀여운 돌고래를 만나 하이파이브를 하고 물장구를 쳤다. 아름다운 해변에 돌아다니는 길고양이를 만나 간식을 주기도 했다. 사육장 밖에서 자유롭게 사는 염소에게 당근을 주고, 털이 보송보송한 알파카한테 다가가 먹이를 주고 쓰다듬기도 했다.

바나나 농장을 가도 동물이 있었다. 동물한테 당근을 줄 수 있는 공원에서는 공원 문을 닫을 때까지 버티고 버티다가 발길을 돌렸다. 사육장 밖에서 날개를 활짝 펼치고 길을 딱 막고 있는 공작새를 피해 갈 때면 아이는 너무나 즐거워했다. 비가 온 다음 날, 아이는 물영아리오름에서 나무를 타고 올라가는 달팽이를 발견하고 세상 행복해했다.

제주에서도 '뽀로로 쿠폰'

출발하기 전 걱정은 책을 많이 가져갈 수 없다는 것이었다. 쿠폰제 시행과 함께 독서는 당분간 경제활동의 성격을 띠게 되었고, 아이가 직접 돈을 벌 수 있는 유일한 행위가 됐다. 그런데 제주에서 필요한 살림살이를 챙기다 보니 책은 뒷전으로 밀려나기 시작했다. 무거워도 좀 무거워야지, 아이들 책은 많은 경우 책의 표지부터 두꺼운 하드커버다. 하지만 책이 몇 권 없으면 아이가 쿠폰을 얻을 수 없다. 영어 동영상은 어떻게 하고, 간식은 어떻게 자급자족을 하도록 할까. 대안 마련이 필요했다.

몇 달간 아이와 적응해 온 쿠폰제를 잠깐 바꾸는 것이 필요했다. 마침 집에 아주 얇고 작은 책 수십 권이 시리즈로 있어서 챙겨 넣었다. 그림과 스토리가 빈약해 아이의 관심을 받지 못하던 책인데 아이가 쿠폰을 버는 데는 무리가 없어 보였다.

제주의 원룸에서 그 책을 2권 읽으면 쿠폰 1개를 지급하고 영어 동영상을 볼 수 있도록 했다. DVD플레이어와 HDMI케이블, 그리고 DVD 수십 장을 갖고 가야 했다. 제주까지 그런 걸 바리바리 싸들고 가야 하나 싶었지만, 막상 가보니 안 가져갔으면 큰일 날 뻔했다. 아이가 1시간 남짓 '옥토넛'이라도 안 보면, 내가 밥을 챙길 여유도 없었다.

아이가 제주 물영아리오름에서 만난 야생 달팽이

• • • • • •

아빠표 자연 체험 활동지

영어 동영상 시청은 제주에서도 기존 룰이 그렇게 굴러갔다. 문제는 과자 같은 간식이었다. 아이를 데리고 즐겁게 집을 나섰는데 과자 하나, 껌 하나, 아이스크림 하나 사달라는 아이의 요구를 거절하기가 야박하게 느껴졌다.

집에서 실천해 온 것처럼 간식도 자급자족의 큰 틀은 유지하면서 적절하게 줄 수 있다면 좋을 것 같았다. 뭔가 방법이 없을까? 한참 궁리한 끝에 나는 '아빠표 활동지'를 만들기로 했다. 활동지를 하도록 하고, 가상 화폐처럼 쓰는 것이다.

제주에는 아이가 자연을 보고, 느끼고, 배울 만한 곳이 너무나 많다. 그곳의 느낌과 배움을 기록으로 남긴다면 아이에게는 교훈이 되고 부모에게는 잊지 못할 추억이 될 것 같았다. 활동지를 만들자니 내가 아는 게 없었다. 덧셈 문제를 내려면 덧셈을 알아야 하는 것이다. 활동지를 만들려면 아빠가 여러 곳에 대한 정보를 알아야 한다.

난 제주의 '오름'에 대해 많이 들어봤지만, '오름'과 산이 어떻게 다른 것인지 미처 알지 못했다. 제주에서 아이에게 자연의 어떤 표정을 보여줄 것이며, 아이가 무엇을 알면 신기해할까 고민하면서 자연 체험 활동지를 만들었다. 간단치 않았다.

"성산일출봉은 바다에서 어떻게 땅 위로 솟아났을까?"
"아이들의 천국 금능해수욕장을 보고 그림을 그려볼까?"
"만장굴은 어떻게 만들어졌을까?"
"사려니숲길에는 어떤 나무들이 살고 있을까?"
"주상절리대의 돌 모양은 오각형일까, 육각형일까?"
"돈내코 원앙폭포의 예쁜 물 색깔을 그려볼까?"

"아직 익지 않은 바나나는 어떤 색깔일까?"

"곶자왈공원에서 돌을 뚫고 자라나는 나무를 찾아볼까?"

"낙타는 눈썹이 길면 뭐가 좋을까?"

"용머리해안의 특이한 절벽 무늬는 어떻게 생겼을까?"

제주로 떠나기 전, 한 달간 적용할 활동지 정책을 아이에게 설명할 때가 왔다.

"제주도에 가면 책이 부족해서 많이 못 읽잖아."

"응."

"그럼 쿠폰 못 받잖아. 야~ 너 어떻게 하냐? 속상하겠지?"

"응."

"그래서 이걸 하기로 했어, 짜잔!"

"아이, 이게 뭐야~"

아이는 귀찮다면서도 자기가 제주에서 과연 어디를 가게 될지 궁금해 했다. 사실 아이보다는 아빠가 더 좋아할 만한 곳들이었다. 활동지에 적힌 곳에 직접 가야만 질문 네댓 개에 답할 수 있었고 '가상화폐'를 얻을 수 있다. 집에서는 프린터로 인쇄한 쿠폰을 사용했지만 이제 그럴 필요 없었다. 아이는 이미 쿠폰제를 몇 달간 시행해 완전히 적응된 상태였기 때문에 실물 쿠폰이 꼭 필요한 것은 아니었다.

활동지를 완성하고 아빠가 "찬스 카드 하나 생겼다"고 말해주면, 즉 가상화폐가 생겼다고 얘기해주면 아이는 그걸 믿었다. 가상화폐는 아빠와 아들의 신용을 기반으로 유통되었다.

아이는 '찬스 카드'를 갖고 있는 날 마트에 가면 쇼핑 카트에 과자를 하나씩 집어넣었다. 편의점을 지나칠 때는 내게 "아빠, 내가 어제 그거 썼나?"라고 찬스 카드의 잔고를 묻기도 했다.

자연 체험 활동지는 순기능이 많았다. 물론 아빠 입장에서의 얘기인데, 아들 데리고 다니는 여행이 꽤 편해진다. 우선 아이가 굳이 가고 싶어 하지 않는 곳에 데려가는 게 쉬워진다. 사려니숲길만 해도 아빠는 꼭 걷고 싶은 길이었지만, 아이의 눈에는 동물 한 마리 없는 그냥 숲길이다. 당연히 가고 싶어 하지 않는다. 그런 곳을 어른 눈높이에서 아무리 좋다고 이것저것 설명해봐야 잘 먹히지 않을

체험 활동지에 주상절리대를 그리면 '찬스 카드'가 생긴다.

것이다.

숲길 산책도 좋다고, 제주까지 왔으니 가봐야 한다고 설득하다 힘이 빠지면 '내가 뭐하러 제주까지 와서 애한테 이러고 있나' 싶을 것이다. 그럴 땐 그냥 '숲길 가서 무슨 나무 있는지 쓰고, 그림이나 그리고 오자. 그래야 찬스 카드 생기지~'라고 하면 아이가 순순히 따라나설 수 있다. 아이들의 사고방식은 단순할 때가 많기 때문이다.

아이는 활동지를 쓰면서 아빠가 좋아하는 곳(아빠가 보여주고 싶은 곳)과 자신이 좋아하는 곳의 일정이 적절히 섞여 있다는 것을 깨닫게 되었다.

또 자연 체험 활동지와 찬스 카드를 결합하면서, 아빠는 과자와 사탕을 사달라는 아이의 주장으로부터 적절히 선을 긋고 자유로워졌다. 아이는 활동지를 하루에 1장만 쓸 수 있었기 때문에, 다음날 쓸 수 있는 찬스 카드는 당연히 하나밖에 없다.

아이는 카드가 하나밖에 없다는 것을 알고 뭔가 더 사달라는 요구를 스스로 참을 수 있었다. 찬스 카드의 제한이 없다면 아이들은 마트 구석구석을 돌면서 1개, 2개, 3개를 집으면서 요구를 키워가게 마련이다. 어른스러운 아이가 아니라면 그럴 수 있다. 그럼 또 아이와 궁극의 신경전을 벌여야 한다. 피하고 싶은 일이다.

"과자는 1개만 사. 2개는 안 돼."
"왜 안 되는데?"
"안 되니까 안 되지."

이런 논리는 허술하다. 아이가 금방 납득하기 힘든 논리다. "너 찬스 카드 하나밖에 없잖아~" 이런 방어 논리가 그나마 낫다. 찬스 카드는 이미 아이와 합의해 시행하고 있는 것이기 때문이다. '네가 활동지 적고 찬스 카드 받으면, 과자 하나 살 수 있는 걸로 약속했잖아. 아빠랑 한 약속이니까, 지켜야 하지 않을까?' 아이의 요구에 이렇게 대응해야 아빠도 마음이 편하다.

아이는 제주에서도 자연 체험 활동지를 쓰면서 자기도 모르게 간식을 자급자족하는 생활을 이어갔다. 부모가 원하는 일과 아이가 원하는 일을 연결하면 이렇게 긍정적인 결과를 낳을 수도 있다.

자연 체험 활동지가 좋았던 점, 한 가지를 추가하자.

회사에 출근하며 생활비를 벌고 있는 아이 엄마에게도 제주 한달살이 계획이 놀다만 오는 게 아니라는 그럴듯한 명분이 생겼다.

염소 만지고 노루한테 밥만 주다가 돌아오는 것보다는 만장굴이 왜 생겼는지, 만장굴 앞에서 잠시라도 생각하고 적어보고 돌아오는 것이 아이 엄마가 봤을 때도 더 유익해 보일 것이다. 사실 많은 부모들이 좋아할 만한 일이기도 하다. 아이가 세계유산을 보고 느낀 감정은 휘발성이 강하지만, '과자를 먹어보겠다'는 일념으로 활동지에 연필로 꾹꾹 남긴 글씨와 기억, 감정은 좀 더 오래 남을 것이라고 믿는다.

아빠가 지어낸 '등산'과 '계주' 스토리

강조하지만, 난 아이를 학원에 보내야 한다고 주장하는 것이 아니다. 부모는 아이가 학원을 좀 더 다녀봤으면 싶고, 아이는 당장 학원에 가는 것이 싫어서 끊겠다고 맞설 때가 꼭 있다. 그럴 때 부모는 아이 뜻대로 학원을 그만두게 할 수 있고, 아니면 부모 판단에 따라 좀 더 다녀보도록 아이를 설득할 수도 있다.

부모 말대로 학원을 좀 더 다니겠다는 순응적인 아이도 있겠지만, 그렇지 않은 아이도 많을 것이다. 그렇다면 아이와 대화를 해야 한다. 그 대화법, 설득하는 법에 대한 얘기다.

어떻게 해야 어린 아이가 이해할 수 있도록 말할 것인

가? 어떻게 해야 아이 마음을 부모가 원하는 방향으로 움직일 수 있을까? 어떻게 해야 부모가 아들 육아의 스트레스를 받지 않고 대화할 수 있을까? 그 대화의 기술에 대한 것이다. 그렇게 학원 더 보내봐야 무슨 의미가 있을까 생각할 수 있다. 하지만 대화의 기술 덕분에 결정적인 고비를 넘기고, 아이가 학원 수업에 재미를 느낄지도 모를 일이다.

"나 수영 끊을래. 절대 안 가!"

실패한 대화부터 얘기해보자. 아이는 8살 때 수영 학원을 다녔다. 구립 수영장에 다니기도 하고, 그보다 좀 더 비싼 민간업체 수영장에 다니기도 했다. 많은 부모들이 그렇듯 친구와 함께 보냈다. 수영 그 자체가 좋아서가 아니라 친구랑 노는 맛에 수영을 가겠다고 할 수 있기 때문이다.

아이는 막상 수영장에 가서는 친구와 신나게 놀았다. 하지만 가기 전에는 '가기 싫다, 가기 싫다' 노래를 불렀다. 아이 엄마는 애를 수영장에 데리고 가는 것 자체에 늘 신경이 곤두서 있었다. 가기 싫다는 아이를 설득하려고 아이 엄마는 웬만한 감언이설을 다 동원해봤을 것이다.

수영장 가는 걸 왜 싫어할까. 아이는 내게 '선생님이 잠수를 오래 시키는 것이 싫다'고 말했다. 얼마나 오래 시키느냐고 물었더니 3초라고 했다. 잠수를 처음 배우는 아이한테 3초가 짧지 않게 느껴졌던 모양이다. 그래서 코로나19 바이러스가 없던 시절, 아이를 데리고 목욕탕에 갔을 때 잠수를 몇 초까지 하나 미션을 줬다. 아들은 별 것도 아닌데 괜히 '미션'이라고 이름 붙이면 도전해보고 싶은지, 신나게 잠수를 시작했다.

대충 시간을 재봤더니 잠수 시간은 5~6초에 달했다. 수영을 배우는데 문제가 없을 것 같았다. 잠수 오래 하는 것이 힘들면 선생님한테 얘기하라고 여러 차례에 걸쳐 설명해주기도 했다. 잠수 좀 하고 수영을 '맛보기'만 하다 그만두면 안 될 것 같아서, 나도 별 얘기를 다했다.

손흥민 형도, 김연아 누나의 감동적인 스토리도 동원했고, 수영이 끝난 뒤 다른 친구들과 나눠 먹을 수 있는 간식 얘기도 꺼내봤다. 하지만 수영에 대한 거부감은 사라지지 않았다.

엄마의 수영 보내기 스트레스 '대폭발'

어느 날 결국 탈이 났다. 엄마는 수영 학원비를 이미 결제한 상태. 그런데 아이는 수영을 해보겠다고 했다가, 또 막상 수영 가는 날이 되자 아침부터 "오늘은 망한 날이야"라고 말했다. 수업 시작 직전까지 '가기 싫다', '가라'는 대치 상황이 이어진 모양이다. 부모 설득에 한두 번 더 갈 수 있지만 아이가 즐기지 못하는 것은 끝내 탈이 나게 마련이다.

아이 엄마로부터 회사에 있던 내게 전화가 왔다. 엄마 목소리는 대단히 격앙돼 있었다. 그럴 만도 했다. 학원비 내기 전 아이한테 수영을 더 다닐 건지 분명히 물어보고 결제한 건데, '변덕도 유분수지' 갑자기 왜 이러느냐는 것이다. 아이한테 어떻게 말을 해야 할지 고민하면서 퇴근했다.

집에 도착한 뒤 아이가 듣지 못하게 엄마와 둘이 회의를 시작했다. 수영을 끊으면 결제한 학원비 가운데 17만 원은 돌려받지 못한다고 했다. 그때는 아이한테 무슨 말을 해야 할지, 딱히 좋은 설득 방법이 떠오르지 않았다. 결국

돈의 논리로 압박해보기로 했다.

아이가 수영을 더 다니겠다고 했다가 일이 벌어졌으니 17만 원의 경제적 책임 가운데 일부를 아이에게 묻기로 했다. 아이가 용돈으로 갖고 있던 현금 3만 원을 몰수하고, 한 달에 7만 원 정도 하는 축구수업을 아이가 좋아하는데도 불구하고 끊겠다고 아이에게 말했다. 네가 좋아하는 축구를 하려면 싫어하는 수영도 같이 하라는 식이었다. 좋은 방법이 아닌 것 같았는데, 마땅한 말이 떠오르지 않아 마음이 개운치 않고 답답했다.

부모의 '경제 제재'에 아이는 뭐라고 답했을까? 물어보자마자 수영을 끊겠다고 답했다. 난 그러라고 했다. 하지만 아이 엄마는 미련이 남았던 모양이다. 부모 제안을 아이가 받아들이지 않으면서 협상은 결렬로 끝났지만, 아이 엄마는 다른 대안을 또 제시했다. 수영 배우기 딱 좋을 나이기도 하고 에너지가 넘치는 아이한테 좋은 운동이 될 것 같았는데 그만두겠다고 하니 아쉬웠던 것이다.

협상 결렬 뒤에도 물밑에서 엄마 제안이 계속 들어오자 아이는 '간'을 보기 시작했다. 결국 엄마에게 돈 100만 원을 달라고 했다. 꼬마의 터무니없는 요구에 협상은 구질

구질하게 끝났다. 아이 마음을 조금이라도 움직이는데 완전히 실패한 것이다.

아이는 왜 수영 가기가 싫다고 한 것일까? 지금 생각해 보면 '3초 잠수'의 문제는 아니었던 것 같다. 아이는 10살이 넘은 지금도 수영장에 데려다 놓으면 잠수에 여념이 없다. 그만 놀자고 해도, 수영장에서 도무지 나올 줄을 모른다. 입술에서 핏기가 가실 때까지 놀기도 한다.

바닥에 가라앉는 잠수 장난감을 사서 수영장에 던지면 아빠보다 그걸 먼저 줍겠다고 구명조끼도 없이 신나게 잠

· · · · · ·

실패한 수영장 협상, 문제는 '3초 잠수'가 아니었다.

수를 즐긴다. 5~6초 하던 잠수는 이제 20초 가까이 하게 됐다. 지금 수영 배워보겠느냐고 물어보면? 여전히 싫다고 한다.

아이는 수영 수업에서 선생님의 지시대로 숨을 쉬고, 팔을 움직이고, 그런 수동적인 학습 자체를 싫어했던 것 같다. 스케이트 한번 배워보라고 가까운 아이스링크에 보낸 적도 있는데, 역시 선생님이 자세를 잡아주는 것 자체를 아이는 못마땅하게 여겼다. 정석의 포즈로 자세를 잡는 것이 내가 봐도 쉬워 보이지는 않았다.

자유롭게 개헤엄을 치는 건 좋아하지만 수영 수업은 싫고, 자유롭게 스케이트를 타는 건 좋아하지만 스케이트 강습은 싫어한다. 11살이 된 지금도 그렇다. 농구는 좋아하지만, 농구 교습은 싫다. 탁구도 좋아하지만, 탁구 강습은 싫다. 자유로운 영혼이다. 설득하고 움직이기가 만만치 않은 녀석이다.

불안불안한 영어학원

아이는 8살이 되면서 어학원을 다니기 시작했다. 아이

엄마는 이번에도 친구와 붙여서 학원에 보내는 전략을 썼다. 아이는 친구가 있는 곳이라면 일단 큰 거부감 없이 발을 들였다.

영어학원의 시작은 순조로웠다. 아이가 학원을 처음 간 날에는 예전에 다니던 곳보다 "재미있다"고 말하기도 했다. 부모에게 더없이 반가운 표현이다. 학원을 옮기는 과정이 마냥 쉽지만은 않기 때문이다. 난 영어학원을 가는 월요일은 '좋은 날'이라는 이미지를 심어주려고, 장 보러 들른 마트에서 아이가 원하지도 않은 간식을 손에 쥐어주기도 했다.

하지만 친구의 약발은 오래 가지 않았다. 곧 작은 고비들이 어김없이 찾아왔다. 영어학원을 다니고 두 달 정도 되자, 아이가 "가기 싫다"고 하는 날이 생기기 시작했다. 이런 자잘한 고비는 학원 끝나고 '과자 한 봉지'처럼 즉각적인 보상으로 넘어가는 날도 있었다.

고비를 살짝 넘긴 뒤 아이한테 학원 어땠느냐고 물어보면 자기가 질문을 했다고 자랑하는 날도 있었다. 그럴 땐 아이한테 '잘했다' 칭찬해주면서 괜히 사탕을 사줬다가, 그 사탕을 아이가 하필 밤늦게까지 빨아먹는 바람에 아이 엄마로부터 잔소리를 듣기도 했다.

몇 달 뒤 다시 '영어학원을 끊겠다'며 작은 고비가 찾아왔을 때는 가만히 생각하다가 잠자리에 누운 아이한테 '짜먹는 젤리 10개를 줄 테니, 내일 학원 가서 친구들하고 2개씩 나눠 먹으라'고 한 적도 있다. 아이는 대뜸 좋다고 했다. '학원 끊겠다'고 말한 것이 날 떠보려는 것인데 내가 속은 것인지, 아니면 진심으로 한 말이었는데 짜먹는 젤리에 넘어간 것인지는 알 수 없었다.

다만 아이가 영어학원을 끊겠다고 했을 때 영어가 현대사회에서 왜 중요하고, 영어학원을 지금 계속 다니는 것이 네게 어떤 의미가 있는지 설명해주는 것은 아이한테 정말 아무런 의미가 없다는 것은 분명했다.

"친구 방귀 냄새가 나야 돼~"

작은 지진 뒤에 대형 지진인 것인가? 몇 번의 작은 고비를 넘기자 최대 고비가 불현듯 찾아왔다. 아이가 매번 친구 만나는 재미로 영어학원을 오가던 때였다. 아이는 갑자기 영어학원을 끊어달라고 했다. 이번 고비도 작은 거겠지 생각했지만 그게 아니었다. 학원을 끊어달라는 아이의 주장이 집요하게 이어졌다.

이럴 땐 학원 생활에 뭔가 문제가 생긴 것일 수 있는데 아이는 모든 것을 자세히 얘기하지는 않는 눈치였다. 집에 와서 학원에서 있었던 일을 시시콜콜 조잘조잘 얘기하는 아이들이 있는 반면 그렇지 않은 아이들도 많다.

아무튼 영어학원을 끊겠다고 줄기차게 요구하는 아이 한테 뭔가 결정적이고 돌이킬 수 없는 설득이 필요하다고 느꼈다. 다른 엄마 아빠들은 어떻게 아이를 달래고 있을 까? 난 어디서 그런 이야기가 떠오른 것인지는 기억나지 않지만, 아이한테 대뜸 등산 얘기를 꺼냈다. 아이와 가장 친한 친구 A를 스토리에 끌어들였다. 아이는 친구 이름이 나오면 일단 귀를 기울인다. 사람은 자기가 아는 사람 얘기에 관심을 갖게 마련이다.

"아들, 너랑 A가 같이 산에 올라가고 있어. 근데 너 바로 앞에 A가 올라가고 있어. 산은 오르막길이니까 넌 걔 엉덩이가 보이겠지?"

아이는 싱긋 웃는다. 아들은 '엉덩이', '똥꼬' 이런 말초적인 단어에 조건 없이 웃을 때가 많다.

"근데 걔가 점심에 먹은 게 뭔지 모르겠는데, 갑자기 방귀를 낄 수도 있어. 뿌웅~ 으웩! 냄새 엄청 심하겠지?"

'방귀', '뿌웅' 이런 단어도 마찬가지다. 반사적으로 좋아하는 아이들이 많다. 이런 단어로 스토리를 만들면 청취율이 높아진다. 아빠가 무슨 얘기를 하고 싶어 하는지는 모르겠는데, 어쨌든 산에 올라가면서 친한 친구 엉덩이를 보는데 걔가 갑자기 방귀를 뀌는 스토리가 머리에 그려지니까 재미있어서 일단 열심히 듣게 되는 것이다.

아빠는 물론 그런 소질이 없음에도 불구하고, 구연동화처럼 '뿌웅'은 "뿌우우우우웅~"이라고 해줘야 하고, '으웩'은 "우웨웨웨웨웨웩!!"이라고 실감나게 연기할 수밖에 없다. 근본 없는 얘기에 아이가 깔깔대고 웃으니 이제 본론을 꺼낼 타이밍이 됐다.

"아들, 영어학원 가는 건 네가 걔 엉덩이를 보면서 산에 올라가는 거랑 '또오옥같은' 거야. 너나 걔나 영어 잘 못해. 비슷비슷해. 레벨 차이? 그거 아~무것도 아니야. 지금 바로 걔 엉덩이가 네 얼굴 앞에 딱! 보인다니까? 걔가 방귀만 안 뀌면 되는 거야. 근데 여기서 학원 끊잖아? 그럼 걔 엉덩이가 점점점점점 작아지기 시작하는 거야~"

"그럼 나중에는 저~ 멀리 가서 안 보이겠지? 그럼 망해~ 그냥 천~천히 같이 산에 올라가야 되는 거야. 방귀 뀔 때 코만 싹 돌리라니까? 나중에 산꼭대기에 올라가는 거잖아, 어차피 금방 다 똑같이 올라가게 되는 거야, 아들. 1분, 5분 먼저 올라간다고 누가 상 주니? 천천히 올라가면 구경도 더 많이 하고 좋은 거지~"

'엉덩이'와 '방귀'로 만든 짧은 스토리에 내 메시지를 입혀 전달했다. 수영 학원을 끊는다고 할 때처럼 경제적 압박을 가한 것도 아닌데 아이는 깔깔 웃으면서도 아빠의 메시지를 이해했던 것 같다. 영어학원을 그만두겠다는 말은 드라마처럼 정말 쏙 들어갔다. 아이는 지금도 1주일에 세 번 영어학원을 오가고 있다.

때로는 학원에 간식을 가져가 친구들과 나눠먹는 재미로, 때로는 학원에 장난감을 가져가 물물교환을 하는 재미로, 또 때로는 학원 끝난 뒤 또래 친구와 놀이터에서 노는 재미로 학원 생활을 하고 있다. 학원을 끊겠다고 강하게 주장했던 큰 고비를 넘기지 못했더라면 아이는 그런 재미를 누리지 못했을 것이다. 물론 아이가 영어에 대한 관심의 끈도 놓지 않게 되었다.

큰 고비를 넘긴 건 어린 아이가 잘 알아듣도록 도와준 눈높이 대화 덕분이다. 또 그런 근본 없는 얘기를 즉석에서 꾸며낸 순발력 덕분이기도 하다. 물론 순발력 1도 없이 이런 스토리를 기억해놨다가 아이에게 얘기해줄 수도 있다.

다만 학원 끊어달라는 아이한테 "안 돼"라고 무조건 선을 긋거나 "영어학원은 절대 끊으면 안 돼" 식의 원칙만 강조하는 것은 큰 도움이 되지 않을 것 같다. 영어의 중요성을 강조하는 것은 도움이 될까? 그렇지 않다고 생각한다. 추상적인 논리 자체에 공감하기 힘든 아이들도 많을 것이다. 부모가 사회생활에서 쓰는 화법은 아이에게 친절하지 못한 대화로 다가갈 수 있다.

아들, 쇼트트랙 경기 보여줄까?

부모는 무슨 말을 하든, 눈높이를 아이한테 맞게 낮추는 것이 중요하다. 아이는 그래야 부모의 메시지를 이해할 수 있다. '친구의 엉덩이 방귀' 얘기는 다른 소재로 변주될 수 있다. 아이가 또 학원을 끊겠다고 하면 그때는 어떻게 말해야 할까?

그만 다녀도 괜찮을 것 같으면 아이 의견을 받아들일 것이다. 하지만 많은 부모는 쿨하게 '그래'라고 말하는 대신 일단 주저할 것 같다. 우리 애만 뒤처지면 어쩌지? 왠지 마음이 불안하다. 우리나라 사교육 시장을 지탱하는 그 팽배한 불안감 말이다. 영어학원을 좀 더 다니는 것이 좋겠다고 부모가 생각한다면, 아이에게 쇼트트랙 국가대표 팀의 경기를 보여줄 수도 있다.

"아들, 저거 말이야. 1등을 누가 하든 상관은 없는데, 그래도 선수들이 메달 따려고 엄청 빨리 달리잖아. 근데 저 저 저 저거 봐, 저거! 뒤에 선수가 앞에 사람 엉덩이에 손 대는 거 보여? 보여? 보이지? 저렇게 대충은 계속 따라가 줘야~ 결승선 딱! 통과할 때 메달은 딸 수 있다니까. 그래야 솔직히 저 선수들도 운동한 보람이 있고 그렇지. 완전 꼴찌로 들어오면 좀 그렇잖아~ 자기도 속상할 거고. 그러니까 중요한 건 엉덩이야, 엉덩이. 등산하는 거랑 똑같아. 앞사람을 계속 조금씩 따라가긴 해야 돼. 근데 학원, 아까 뭐라고 했지?"

다시 강조하지만, 영어학원 다녀야 한다는 얘기가 아니다. 부모가 아이를 학원에 좀 더 보내야겠다고 판단한다면, 아이한테 어떻게 말해야 되도록 마찰 없이 부모가 원하는 결과로 유도할 수 있을까. 그 화법은 늘 고민거리다.

아빠의 도전, 수학학원 보내기

"이제 수학학원도 새로 가봐야지~"
"수학? 와, 나 진짜 가고 싶었는데, 알겠어요. 언제부터 가면 돼요?"

내가 아이와 이런 대화를 나눴을 거라고 생각하는 분

은 아마 없을 것이다. 아이는 수학을 별로 좋아하지 않는다. 집에서 문득 도전 정신이 생겨서 부모한테 어려운 수학 문제를 내달라고 하고 결국은 답을 찾아내는 짜릿함을 느끼기도 하지만, 대개 수학 공부를 하자고 하면 돌아오는 대답은 늘 '이따가' 혹은 '잠깐만'이다.

'잠깐만'은 어른 기준으로 5분 안팎이겠지만, 아니면 더 짧은 시간이겠지만, 아이의 시간 개념은 다른 것 같다. '이따가', '잠깐만'은 수학을 지금 하기 싫다는 것뿐만 아니라 자기 전까지 최대한 뒤로 미뤘다가 하겠다는 뜻일 때가 많다. 그래서 '잠깐만' 대신 '5분만'이라고 말하는 게 좋겠다고 아이한테 조언하기도 한다.

8살 때는 집에서 엄마가, 9살 때는 육아휴직 중인 아빠가 수학 선생님이 되었다. 그 말은, 8살 때는 엄마 속이 터졌고, 9살 때는 아빠 속이 터졌다는 뜻이다. 수학 문제를 부모가 '풀 수 있다는 것'과 수학 문제 푸는 방법을 아이에게 '가르치는 것'은 완전히 다른 차원의 행위다.

내가 안다고 해서 그걸 아이한테 쉽고 명쾌하게 전달할 수 있다는 보장이 없다. 뭔가를 안다는 것이 그것을 잘 가르칠 수 있다는 뜻이라면 사교육 시장은 진작 전멸했을 것이다. 아이를 책상 앞에 앉히는데 벌써 진을 빼는 게 우리 현실이다.

특히 평소에도 부모 말이 잘 안 먹히는 아이라면 그 아이를 책상 앞에 앉혀놓고 수학을 가르친다는 것은 대단히 어려운 도전 과제가 된다. 해보지 않은 부모는 모른다. '공부해라', '숙제 하자' 아이를 재촉하게 되고, 아이는 기분이 상한 채 책상 앞에 앉게 될 것이다. 아이를 집에서 못 가르치고 사교육 시장에 '아웃소싱'하는 것은 바로 그래서다. 애를 학원에 보내면 부모가 일단 편하기 때문이다.

부모가 얘기하면 거들떠보지 않던 수학문제를 낯선 선생님 앞에서는 불만 없이, 끈기 있게 해내기도 한다. 물론 그 낯선 선생님도 귀가하면 자기 자식은 못 가르쳐서 다른 학원을 알아볼 수도 있다.

아이가 초등학생 2학년이 된 후 어느 날, 이제는 수학학원에 보내는 게 낫겠다는 생각이 들었다. 아이가 수학학원에 발을 들여놓도록 마음을 움직여야 하는 것 또한 아빠인 내 몫이었다. 아들의 심리를 파악해 아이가 싫어하는 행동을 거부감 없이 하도록 묘하게 움직이는 것은 대개 아빠 숙제였다.

꼭 수학학원의 문제가 아니다. 다른 학원도 마찬가지다. 아이가 싫어하는 학원이 있는데, 부모는 지금 그 교육이 아이한테 필요하다고 판단할 수 있다. 아이가 나중에 크면 '부모 마음 이해하겠지' 생각하고, 정면으로 밀어붙이기도 할 수 있을 것이다.

단도직입적으로 수학학원 가라고 지시하면? 가면 좋겠지만, 안 간다고 버티면 언성이 높아질 수 있다. 아이한테 뭐라고 말을 꺼내야 할까? 수학책 앞에 앉는 것도 싫어하는 아이를 말이다. 어떻게 설득할 수 있을까?

"그날은 집에서 수학 없는 거야"

아이한테 새 학원을 권하면서 그게 '수학'이라는 것을 숨길 수는 없다. 수학학원이라는 것은 말할 수밖에 없다. 그렇다면 아이가 가장 좋아할 만한 포인트를 강조해야 한다고 생각했다.

난 거실에서 놀던 아이가 가장 기분 좋은 타이밍을 골라서 대뜸 "다음 주 목요일에 수학학원이나 한번 놀러 가보자"고 했다. '놀러 가보자'라는 표현에 아이가 공감하든 말든 상관없다. 난 아이를 학원에 보낼 때면 늘 "잘 놀다 와~"라고 말했기 때문이다. 아이가 좋아할 만한 건 없을까?

"목요일에 수학학원 한번 가서 놀다 오고, 야 근데 진짜 좋은 게 뭔 줄 알아?"
"뭔데?"
"그날은 갔다 오면 말이지~ 집에서 어려운 수학 문제를 안 풀어도 된다는 거지!!"

수학학원을 처음 보내면 수업을 2시간은 하는데, 집에 온 아이한테 또 수학 문제를 내미는 건 어려울 것 같았다. 그날은 집에서 수학 문제 안 풀어도 된다는 건 어찌 보면 자연스러운 얘기다. 그 당연한 얘기를 마치 큰 장점인 것처럼 제목을 뽑아 전면에 내세운 것이다.

아이에게 미안한 말이지만, 그때만 해도 수학학원에서 수업을 몇 시간 하게 되는지 아이는 알지 못했다. 그 정보는 굳이 공개하지 않고 아이한테는 '집에서 안 한다는 것'만 홍보한 셈이다.

아이가 커서 이걸 알게 된다면, 나는 '치사하다'는 소리를 들을 수 있을 것이다. 미리 미안하다고 말해둬야겠다. 어쨌든 아이는 분명 수학학원이라는 것을 들었기 때문에 그 자리에서 '알겠다'고 답하지는 않았다.

나는 약간 정신이 없게, 아이가 좋아하는 소재 위주로 얘기를 좀 더 풀어갔다. 아이 머릿속에 '수학'이라는 두 글자가 남아있지 않도록 말이다.

"아들, 근데 거기 자전거 타고 가면 진짜 딱이야. 한 10분이면 갈 걸? 너 자전거 타는 거 완~전 좋아하잖아. 가는 길에 공원도 딱! 지나가면서~ 매미도 잡고 말이지. 요즘 공원에 참매미 소리 엄청나잖아."

"집에서 아빠랑 하는 것보다 학원 가서 친구랑 놀면서 하는 게 훨씬 낫지 않아? 학원 끝나고는 밑에 1층에 편의점 있어. 거기서 딱! 아이스크림을 하나 사서 집에 돌아오면서~ 먹으면서~ 또 매미를~"

아이는 쿨하게 "알겠어"라고 대답했다. 난 속으로 '됐구나!' 외쳤지만, 겉으로는 무덤덤한 척했다. 내가 티 나게 좋아하면 아이는 뭔가 낌새가 이상하다는 것을 알아챌 수 있기 때문이다.

퇴근한 아이 엄마는 아들이 너무나도 쉽게 수학학원에 가기로 했다는 사실에 놀라는 눈치였다. 설득하는데 며칠 걸릴 거라고 생각한 모양이다. 아이 엄마는 "애한테 뭐라고 얘기했어?"라고 물어왔다. 사실 나도 그렇게 한 번에 "알겠어"라고 결재가 날 줄은 몰랐다.

일단 아이가 '간다'고 했으면 성공한 것인데, 아이 엄마는 그날 밤 어쩐 일인지 아이한테 태블릿PC로 수학학원 관련 영상을 보여줬다. 학원 홈페이지에 선생님의 소개 영상이 올라와 있는 모양이었다. 영상 소리를 들어봤더니, 9살 남자아이가 보고 큰 관심을 가질 만한 내용은 아니었다.

엄마는 또 학원 원장님이 아이들 앞에서 강의한 '오일러의 길 찾기'를 아이한테 보여주기도 했다. 내로라하는 육아 전문가의 의견에 따라 학원에서 무엇을 배우는지 미리 설명해주고, 그 공간에 익숙해지도록 해서 아이의 긴장감을 낮춰주려는 의도였다. 엄마는 "수학학원 재미있겠지?" 아이한테 말했다.

하지만, 난 저쪽 방에서 속으로 '재미는 무슨'이라고 생각했다. '오일러의 길 찾기'에는 사실 나도 큰 관심이 없다. 물론 아이의 긴장감을 낮춰주고 호기심을 자극하려고 그랬겠지만, 난 '다 된 밥에 재 뿌릴 수 있겠네' 걱정했다.

수학학원은 그저 자전거를 타고, 공원에서 매미를 잡고, 새로운 친구를 사귀고, 수업이 끝난 뒤에는 아빠의 엉덩이 토닥토닥 칭찬과 함께 맛있는 간식을 사 먹는 '좋은 날'로 기억되어야 한다.

"수학학원 안 갈래!"

아이를 수학학원에 처음 보내는 미션을 이렇게 쉽게 성공할 거라고는 기대하지 않았다. 하지만 '학원 안 갈래'는 생각보다 빠르게 나왔다. 학원 가기로 약속한 첫날 아침이었다. "나 수학학원 안 갈래." '그래, 첫날부터 올 것이 왔구나' 생각했다.

하루 전까지만 해도 내일 수학학원 처음 갈 거라는 예고에 아이는 별다른 반응을 보이지 않았었다. 그냥 무덤덤하게 받아들이는 줄 알았다. 그런데 당일 아침이 되자 아이한테 현실로 다가오는 모양이었다. 부모는 어떻게 반응해야 할까?

"뭐야, 오늘 가기로 했잖아~" 별다른 고민 없이 이렇게 말할 수도 있다. 하지만 나는 '학원에 꼭 가야 한다'고 말하는 것이 문제 해결에 큰 도움이 되지 않는다는 것을 경험적으로 잘 알고 있었다.

'가야 한다'고 하면 괜히 더 가기 싫다. 사람 심리가 희한하다. 그냥 듣기 싫은 잔소리가 될 뿐이다. 부모가 아이한테 긴 잔소리를 하면 말의 내용은 사라지고 이미지만 남는다. '아, 학원 가기 싫은데, 아빠 말도 듣기 싫다'는 느낌말이다.

수학학원 처음 가기로 한 것은 이미 아이도 알고 있다. 그래서 아이한테 정말 아무 말도 하지 않았다. 아이 얼굴을 보고 그냥 한번 씩~ 웃어줬다. 처음 가보는 학원, 그것도 하기 싫은 수학이라니, 얼마나 가기 싫었을까. 아이는 내가 씩 웃는 것을 보더니 결국 어쩔 수 없이 가게 될 거라는 현실을 직감한 걸까? 부자간에 별다른 대화는 이어지지 않았다. 그러다 아이가 먼저 말을 꺼냈다.

"오늘 테스트는 안 보는 거지?"

"당연하지! 그냥 선생님 얼굴이나 처음 보고, 친구나 처음 만나고, 그러는 거지~"

아이가 이렇게 말했으면 된 거다. 난 아무 말도 하지 않고, 작은 고비를 하나 넘겼다. 아이는 자전거를 타고, 공원에서 매미를 찾다가, 수학학원에 처음 발을 들여놓았다. 첫 수업을 마친 아이는 학원 건물 로비에서 자랑하듯 말했다.

"아빠, 내가 집에서는 하루에 2장씩 풀었잖아. 근데 오늘 학원에서는 몇 장 했는지 알아? 9장 했어! 9장!"

아이는 수학학원의 실체를 깨달은 것이다. 아빠한테 얼렁뚱땅 속아서 학원 문까지는 발을 들여놓았는데, 이제 학원 잘 다니게 됐을까? 그럴 리가. 이렇게 해피엔딩으로 끝날 소재가 아니다. 투정은 끝나지 않았다.

이번에도 작은 파도 뒤에 대형 파도가 다가오고 있었다. 학원을 다니고 한 달쯤 지나자, 이번에는 아이가 눈물을 뚝뚝 흘리면서 말했다. 학원 가는 날 아침, 눈을 뜨자마자 '가기 싫다'면서 울기 시작했다. 아직 언어보다 눈물이 앞서는 나이. 난 별다른 고민 없이 아이를 달랬다. 물론 "가야 한다"는 표현은 이번에도 쓰지 않았다.

"집에서 아빠랑 하면 진짜 재미없잖아."
"아니야, 재미있어. 재미있게 할 수 있단 말이야~ 수학학원 끊으면 안 돼?"

난 "학원 끊으면 안 돼"라고도 하지 않았다. 이럴 때 직설은 별다른 도움이 되지 않는다. 대신 달리기 계주 얘기를 꺼냈다. 아이가 학교 운동회에서 계주에 나간 적이 있었기 때문이다. 아이는 울다가도, 자기 얘기가 나오니까 일단 듣기 시작했다.

이건 사실 국가대표 쇼트트랙 얘기랑 스토리의 결이 같다. 누군가 앞서가면 조금이나마 따라가 줘야 한다는 것이다. 바로 이게 사교육 시장이 노리는 부모 심리지만, 이 심리를 놓고 이러쿵저러쿵 논하는 것은 아이 먼저 달래놓고 나중에 하자.

아이가 경험한 것을 활용해 아이한테 말해 보자.

• • • • • •

"너 1학년 운동회 할 때, 달리기 계주 나갔었잖아. 그때 땅! 총소리 나고 애들 엄청 빨리 뛰잖아. 근데 가만~히 멀뚱~멀뚱 서 있으면 안 되잖아. 그럼 망하는 거지.

일단 땅! 소리가 나면 빨리 가든 천천히 가든, 가긴 가야 되는 거야. 안 그러고 가만히 서 있으면, 먼저 뛰기 시작한 애들이랑 한 바퀴 차이 난다~

그래서 학원 끊으면 오늘은 좋은데, 앞으로 아예 안 가는 건 아빠가 좀 걱정이 되긴 해. 1등 안 해도 되고, 몇 번째로 달리든 아무 상관은 없는데, 어쨌든 끝까지 최선을 다해서 달리긴 달려야 되잖아."

아빠의 '등산' 소설에 이어 '계주' 스토리를 아이는 어떻게 이해했을까? 학원을 일단 끊지는 말고, 좀 더 다녀보자는 메시지로 알아들었을 것이다. 아빠 얘기가 영향을 미쳤는지는 알 수 없지만 아이는 조금 더 울다가 금세 진정했다. 그러고서 아빠와 함께 자전거를 타고 공원을 지나 수학학원에 다녀왔다.

그날 수업을 마치고 나온 아이를 나는 격려해줬다. 아침에는 하기 싫었지만 그래도 잘 참고 다녀와서 잘했다고, 눈을 바라보고 칭찬해줬다. 학원을 갔다는 이유만으로 칭찬해 준 것은 아니었다. 아이가 커 가면서 하기 싫지만 하게 되는 일이 또 얼마나 많을까. 그럴 때마다 부모가 아이 마음을 어루만져 줄 수 있으면 좋겠다.

'퐁당퐁당'으로 책상 앞에 앉히기

집에서 아이 교육의 주도권을 쥐고 있는 것은 주로 엄마다. 그러다 보니 공부 때문에 속 터지는 것도 주로 엄마가 되는 것 같다. 아들이 8살, 초등학교 1학년 때 우리 집에서는 그랬다. 아이가 책상 앞에 잘 앉아서 집중력 있게 공부하는 날은 집에 평화가 찾아왔지만, 그렇지 않은 날도 꽤 있었다. 그런 날은 집안 공기가 냉랭하기도 하다. 아이의 학습 태도와 집안 분위기에 묘한 인과관계가 생기는 것 같았다.

아이 엄마는 하다 하다 안 되면 언성이 높아지다 끝내 '폭발'하기도 하고, 아이는 '안 해~ 안 해~' 외치기도 했다. 그러다 홈스쿨은 아빠가 집에 있을 때는 '아빠의 임무'

가 되는 날이 많아졌다. 아이가 '아빠 말을 더 잘 듣는다'는 이유에서 그랬을 것이다. 아이한테는 '엄마 선생님'에 이어 '아빠 선생님'이 나타났다고 변화를 설명해줬다. 아이 엄마는 너무 편하다면서 처음에는 대만족했다. 물론 그 만족도 영원한 것은 아니었지만 말이다.

아이가 학원에 다니더라도, 집에서 할 일이 완전히 사라지는 것은 아니다. 학원은 아이 학습을 일부 분담할 뿐이지 전적으로 책임져주지 않기 때문이다. 학원 숙제만 해도 그렇다. 아이는 아빠가 숙제 얘기를 꺼내기 전에 스스로 먼저 나서서 하겠다고 한 적이 흔치 않았다. 집에서 아이의 마음과 행동을 어떻게 움직일 것인가의 문제는 계속 남는 것이다.

또 부모 나름대로 학원에 다니지 않는 과목을 집에서 책상 앞에 앉혀놓고 가르쳐주고 싶을 수 있다. 우리 집에서는 한때 '한자'가 그랬다. 부모 권유에 따라 스마트폰 대신 순순히 책을 펼치는 아이들은 얼마나 될까? 아이가 그렇지 않다면, 아빠는 '자, 공부하자' 식의 단순한 지시를 넘어 좀 더 신선한 해법을 궁리해야 한다. 난 스트레스를 피하고 싶기 때문이다.

공부 대신 '할 일'

우선 '공부'를 뜻하는 새로운 표현을 만드는 것도 좋겠다. 아이가 초등학교에 들어가자 엄마는 집에서 아이가 해야 하는 공부나 숙제를 '할 일'이라 부르기 시작했다. 내 아이디어가 반영된 것은 아니지만 마음에 들었다. '할 일'에는 의무와 책임감의 뉘앙스가 녹아 있다. 아이를 붙잡고 '공부', '공부' 하다 보면 부모가 10년 넘게 공부 잔소리를 할 것 같았다.

그걸 '공부'라 부르든, '할 일'이라고 부르든, 무슨 차이가 있을까 싶지만 그래도 이름이 주는 미묘한 어감의 차이는 아이도 느끼지 않을까 생각한다. 물론 공부에 '할 일'이라는 이름의 포장지를 씌워도 날마다 '할 일', '할 일' 타령을 하면 아이 귀에 못이 박힐 것 같아서, 나는 '할 일'이라는 표현도 쓰지 않으려고 노력한다. 그렇지 않으면 굳이 새 표현을 만든 취지의 빛이 바랜다.

아이가 초등학교 1학년 때 우리는 맞벌이 부부였다. 나보다 먼저 퇴근한 아이 엄마가 아이를 데리고 책상 앞에서 이것저것 가르쳐주고는 했다. 우리집 언어로 '할 일'을 시켰다. 영어책도 읽혀보고, 수학 문제도 풀게 하고, 한자도 가르쳐주고, 때로는 한글책 읽기를 해보기도 했다.

가장 큰 어려움은 아이가 '할 일'을 자꾸만 뒤로, 뒤로, 뒤로 미룬다는 것이었다. 아이 엄마는 때로 '할 일'을 다 끝내야, 해지기 전 밖에 나가서 친구들과 놀 수 있다고 설득해 성공하기도 했지만, 날마다 가능한 방법은 아니었다. 당장 비가 오기만 해도 써먹을 수 없었던 것이다. 그래서 아이는 내가 밤늦게 퇴근할 때까지 '할 일'을 미루다가, 내가 퇴근하면 같이 하기도 했고, 겨우 책상 앞에 앉혀놓으면 하기 싫다고 눈물을 흘리기도 했다.

공부를 미루면 미룰수록 그 양은 많아 보이고, 아이가 자야 할 시간은 다가오기 때문에 아이도 나도 부담스러웠다. 아이는 하기 싫다고 울기도 하다가, 뭐가 웃긴지 금세 깔깔대면서 '할 일'을 하기도 했다. 난 퇴근한 뒤 답답한 마음에 캔맥주를 들고 아이 옆에 앉아 있기도 했다.

초등학교 1학년 아이가 긴 시간 동안 온전히 집중해서 책을 본다는 것은 정말 쉽지 않은 일이다. 책상 앞에서 딴 짓을 하다, 책을 보다, 반복하다가 시간만 가는 날도 많았다. 숙제를 다 못한 날은 내가 종이에 "내일 하겠습니다"

써놓으라고 했더니, 아이는 나중에 슬쩍 '내일'과 '하겠습니다' 사이에 '안'을 집어넣고 신나게 웃기도 했다. '내일 안 하겠습니다.'

아이의 '할 일' 파업 선언

초등학교 1학년. 홈스쿨은 그렇게 꾸역꾸역 진행되었다. 모습만 조금씩 다를 뿐, 아마 그맘때 아이를 둔 많은 부모들이 비슷한 고민을 할 것 같다. 아이가 '할 일'을 깔끔하게 해낸 날, 내가 퇴근하면 엄마 기분은 상쾌해 보였고 집에 따뜻한 평화가 감돌았지만, 그렇지 않은 날은 차가운 분쟁의 공기가 가득할 때도 있었다. 엄마와 아이의 대치 전선이 형성된 것이다. 내가 주도권을 갖고 아이를 가르쳤어도 크게 다르지 않았을 것 같다.

아이는 다른 친구들의 홈스쿨 사정을 모두 알지 못했기 때문에 '할 일'의 생활화는 몇 달간 이어졌다. 그러던 어느 날, 아이가 친구 얘기를 들은 모양이었다. 학교에 들어가 같은 반에 친구가 생기고 자기들끼리 얘기를 주고받다 보니, 집에서 하는 공부량을 '비교'할 수 있게 된 것이다. '비교'의 역사는 그렇게 시작됐다.

아이는 집에 와서 '친구는 집에서 레고만 하고 논다'면서, 자기보다 '할 일'을 훨씬 적게 한다, 자기도 이제 그만하겠다며 전격적으로 파업을 선언했다. 학원이고 홈스쿨이고, 굴곡 없이 술술 풀리는 일이 거의 없다. 그날 아이와 엄마 사이에 벌어진 대논쟁이 회사에 있던 내게 SNS로 전달되었다.

"헉, 요즘 얘 왜 이런대. 오늘은 영어학원 다녀와서 '할 일' 절대 안 하겠다고, 밥 안 먹고 안 놀아줘도 된다고, 자기 혼자 종이접기만 할 거라네--;; 자기는 왜 '할 일'을 매일 해야 되느냐며, 딴 친구들은 대신 학원 다닌다고 했더니 학원을 월화수목금토일 다 다니는 게 아니지 않느냐며."

"내가 공부 안 하면 돈 못 벌어서 거지 될 수 있다고 했더니, 거짓말하지 말라며 그럼 나머지 사람들이 전부 다 거지 됐느냐고 하네--;;"

"그래서 내가 너 공부 못해서 돈 못 벌면, 나중에 집도 못 사고, 차도 못 산다고 했더니, 갑자기 에어컨 뒤에서 놀이 텐트 꺼내 와서 '나 텐트 치고 살면 돼'라고 다부진 표정으로 말해서 진짜 빵 터졌어ㅋㅋ 그리고 자기 보물들을 텐트 안에 다 갖다 놓음;;"

'할 일 하자', '못 하겠다', 아이와 엄마 모두 한 치도 물러서지 않았다. 엄마는 아이 눈높이에 맞춰 설득하려고 애를 썼지만, 아이는 최선을 다해 자기 나름의 방어 논리를 세웠다.

파업 선언을 했으면 아이도 체면이 있지, 아빠가 퇴근했다고 바로 '할 일' 하겠다고 물러설 수는 없는 것이다. 내가 퇴근했지만 별 수 없었다. 아이와 레고 놀이만 하다가 잠이 들었다.

집에서 하는 공부의 기본적인 룰, 대원칙을 세워야 했다. 부모가 아이 공부를 시키면서도 덜 피곤하고, 아이도 쉽게 납득하는 그런 합의된 룰 말이다. 룰은 아이 눈높이에서 알아들을 수 있는 수준이어야 한다. 아이한테 대체 뭐라고 말해야 할까?

"퐁당퐁당 돌을 던지자~"

"너, 이 노래 알아? 들어봤어?" 아이는 들어봤다고 했다. 난 아이한테 뭔가 중요한 얘기를 하고 싶을 때 늘 이렇게 대화의 '미끼'부터 던진다. 아이가 '아빠가 또 무슨 말을 하려고 저러지?' 생각하게 만드는 것이다. 난 미끼를 던지고 속으로는 '물어라, 물어라' 생각한다.

부모가 하고 싶은 말을 머릿속에서 나오는 대로 즉흥적으로 내뱉으면 자칫 어른의 어휘, 어른의 문장이 되기 쉽다. 주워 담을 수 없는 말실수만 늘어날 수 있다. 중요한 메시지일 때는 흥미로운 도입부가 있어야 한다.

흥미로운 도입이 없으면 8살, 9살 아이는 순식간에 딴 생각을 할 수 있다. 채널이 돌아가지 않게 눈길 가는 소재를 던져주는 뉴스 콘텐츠와 비슷하다.

"너, '퐁당퐁당'이 무슨 말인지 알아?"
"당연히 알지~ 물이 퐁당퐁당 하는 거잖아."
"응, 틀렸어~"
"응, 맞~아~"

초등학생 아이를 키우다 보니 내 말투도 가끔씩 '초딩'처럼 변한다. "응, 틀렸어~"와 "응, 맞~아~"를 말할 때는 요즘 아이들이 자주 쓰는 특유의 톤이 있다. 그 톤을 조금 살려서 얘기하면 아이와 대화를 좀 더 이어갈 수 있다.

"아들, 물이 '퐁당퐁당'하는 게 아니고, '퐁'은 노는 거야. 그리고 '당'은 할 일을 하는 거지. 그러니까 '퐁당퐁당'이라는 노래는 좀 놀았다가, 할 일을 좀 하다가, 다시 좀 놀고, 그러고 또 할 일을 하고, 그렇게 왔다갔다 번갈아서 하라는 그런 노래야."
"아, 그게 뭐야~ 말도 안 돼~"

'말도 안 된다'는 대답이 나왔으면 긍정적이다. 아이가 내 말을 쉽게 이해했기 때문에 나온 피드백이기 때문이다. 그날부터 할 일의 대원칙은 '퐁당퐁당'이 되었다. 귀에 박히는 하나의 슬로건을 만든 것이다.

슬로건을 이해하는 것도 쉽다. 슬로건은 숙제를 자꾸만 뒤로 미뤄서 자기 전 1시간씩, 2시간씩, 힘들게 책상 앞에 앉아 있지 말자는 뜻을 담고 있다. 놀이와 공부를 짧게 짧게 번갈아 하자는 것이다.

아이는 '퍼피구조대'를 본다고, '옥토넛'을 먼저 본다고 할 일을 미뤘다가 점점 더 하기만 싫어지고, 엄마와 신경전을 벌이는 날을 거듭하고 있었다. 이 슬로건을 아이한테 설명한 뒤에는 난 아이한테 '퐁 했나? 그럼 이제 당 해야지~'라고 암호 같은 얘기를 했다.

사실 그냥 공부하자는 말인데, 뭔가 둘만 아는 비밀 암호처럼 얘기하기 시작한 것이다. 자기만 알 수 있는 비밀의 언어로 소통한다는 것은 아이에게 잠시나마 소소한 즐거움이 된다.

'퐁당퐁당'을 만든 핵심적인 이유는 흔한 남자 아이들의 집중력 때문이다. 8~9살 아이가 한 곳에 집중할 수 있는 시간은 15~20분 정도로 알려져 있고, 내가 집에서 관찰한 아이의 집중력도 비슷했다.

코로나19 때문에 9살 아이는 집에서 몇 달간 EBS 수업을 봤는데, 방송 시간 30분 동안 오롯이 TV에 집중하는 경우는 흔치 않았다. 아이가 수업에 가장 집중한 순간은 첫 EBS 수업하던 날, 선생님이 지금 자신을 실시간으로 보고 있는지 확인하기 위해 TV 좌우를 왔다 갔다 할 때였다. 그때까지 TV 노출이 정말 적었구나 싶다.

아이가 혼자 앉아서 1시간, 2시간 집중하는 것은 '종이접기'를 할 때였다. 땀을 흘리면서도, 그만 하자고 권해도 계속 한다. 8살, 9살은 그렇게 자기가 가장 좋아하는 일이 아니고서야 책상 앞에 앉아 20분 이상 집중하기가 쉽지 않은 나이인 것 같다.

숙제를 미루다가 한꺼번에 하게 되면 학습 시간이 20분을 훨씬 넘기 때문에 아이는 당연히 시작조차 하기 싫어진다. 아이들은 대개 그런 것 같다. '아니, 집중하면 1시간

······

드래곤 종이접기, 그만 하자고 해도 무조건 끝을 본다.

이면 되는 걸 얘는 왜 이러는지 모르겠네' 생각하면 답이 안 나온다. 그건 어른의 관점이기 때문이다. 그래서 짧게 짧게 끊어서 해보자는 취지로 '퐁당퐁당'을 떠올린 것이다.

'퐁당퐁당'의 효과는?

슬로건 하나 만들었다고 부모와 아이가 스트레스에서 해방됐을 리가 없다. 난 '숙제 먼저 vs 놀이 먼저' 논쟁에서 '퐁당퐁당'의 논리를 틈날 때마다 주장했고, 많은 경우 아이가 고맙게도 따라줬다. 하지만 슬로건대로만 되는 것도 아니다. 아이는 여전히 '먼저 신나게 놀고, 공부는 나중에'를 선호한다. 그게 자기만의 방법이라고 한다.

아이가 자기만의 방법으로도 그날의 숙제를 마칠 수 있다고 단언하면 그렇게 해보도록 놔둔다. 아이를 우선 믿고, 자율성을 준다. 실패하면 다시 '퐁당'으로 돌아온다. 아빠와 아들이 서로 기분 덜 상하면서 이런 대화를 나눌 수 있게 된 것이 퐁당퐁당의 장점이다.

"아들아, 너 오늘 너~무 '퐁포로퐁퐁 퐁퐁퐁'만 하는 거 아니야?"

"아니, 내가 언제 '퐁포로퐁퐁 퐁퐁퐁'이나 했어~ '퐁퐁퐁퐁' 정도만 했거든? 이따가 '당당당당' 할 수 있다니까~"

"아빠! 내가 아까 '당' 했었나?"

"아니, 지금 '당당' 하면 될 것 같은데?"

아빠와 아들은 한때 이런 희한한 대화를 나눴다. 아이가 '바바파파' 애니메이션을 좋아할 때는 "'공바' 해야지!" 말하면 그걸 또 철썩 같이 알아듣는다. '공바'는 '공부' 먼저 하고 '바바파파' 보자는 뜻이다. '공뽀'는 '공부'하고 '뽀로로' 애니메이션 보라는 뜻이다.

"너 오늘 너무 놀기만 하는 거 아니야? 공부는 언제 하려고 그래? 학원 숙제가 잔뜩이던데." 이런 화법보다는 괜찮은 것 같다. 홈스쿨 2년차인 아이는 큰 거부감 없이 '할 일'을 받아들였다. 아이가 먼저 나서 "할 일 하자!" 외칠 때도 가끔 있었다.

제주에서 아이 데리고 한달살이를 할 때도 해가 진 저

녁은 늘 '당당'의 시간이었다. 낮에는 동물들과 함께 신나
게 '퐁퐁'을 했기 때문이다.

공부를 놀이처럼, 놀이를 공부처럼

아이는 '퐁당퐁당'의 대원칙에 익숙해졌지만 책상 앞까지 늘 순순히 오는 것은 아니다. 그랬다면 9살이 아니고, 29살일 것이다. 아이는 자기가 좋아하는 놀이가 끝나면 예측 불가능하게 집안 곳곳을 활보할 뿐, 책상 근처에는 접근하지 않는다. 아빠 속내를 훤히 알고 있는 것이다.

그러다 자기 관심을 끄는 뭔가를 발견하면 순식간에 놀이 모드로 전환한다. "아빠, 칼싸움 하자~!" 이때 멍 때리다가 '그래' 대답하면 일이 꼬인다. '퐁당퐁당'의 슬로건에 반하기 때문이다.

어떻게 대답하는 게 좋을까? "이제 숙제 해야지~", "이제 '당' 할 차례다~" 말로 아이를 움직여야 할까? 그래도 되지만, 아이가 구두 지시에 늘 반응하지는 않는 것 같다. 귓속으로 들어가는 부모 말은 대체 어디로 새 나가는지, 아예 듣고 있지 않을 수도 있다. 이럴 때 아이를 책상 앞으로 유인하기 위해 쓰는 몇 가지 팁이 있다.

아빠가 먼저 책상 앞에 앉아 있기

'할 일'의 시간이 됐으면, 일단 책상 위에 책을 펴놓는다. 아빠는 책상 앞에 먼저 앉는다. 아이한테 얼른 오라고 하지 않아도 된다. 아이는 집을 누비다가 반드시 대화 상대를 찾게 마련이다. 자기가 개발한 마술을 보여주려고 '아빠, 봐봐~'하면서 책상 앞에 앉아있는 나를 찾아올 때도 있다.

굳이 부르지 않아도, 물고기가 미끼 주변을 맴돌듯 아빠를 찾아올 일이 꼭 생긴다. 책상 앞에 다른 사람이 있어도 마찬가지다. 아이가 왔으면 이제 '낚시'를 할 차례다.

"헐~ 책 제목이 '만점왕'이네. 만점이래, 만점. 만점을 받으려면 문제를 만 개를 풀어야 된다는 거야? 야, 진짜 말도 안 되지 않냐?"

아무 말이든, 아이가 관심을 가질 만한 걸 끄집어내서 말을 트는 것이다. 아무말 대잔치를 해도 된다. "너, '펭수' 알아?" 물어보기도 한다. "알지~ 내가 '펭수'를 왜 몰라?" 아이가 대답하면서 책에 관심을 가질 수 있다. "요즘 코로나 때문에 펭수도 날개를 잘 씻고 다녀야 된대. 비누로 날개를 30초 동안 박박 문질러야 돼. 비누로 날개." 내가 말한다.

아이는 뜬금없이 '펭수 날개' 얘기를 듣다가, 눈앞에 펼쳐진 책을 보게 된다. 아이는 '퐁' 다음 '당'이라는 걸 알고 있기 때문에, 눈앞의 책이 가진 의미를 말하지 않아도 안다. 아이를 의자에 앉히는데 성공하면 10분도 가고, 15분도 가고, 길게는 20분 넘게 간다. 물론 '낚시' 바늘을 빼고 다시 밖으로 나갈 때도 있다.

아이와 긍정적인 관계를 유지하는 데는 '들어가 공부 좀 하지'라고 말하는 것보다는, 이렇게 은근슬쩍 책상 앞에 앉히는 전략이 더 유용할 수 있다. 부모는 거실에 있고, 아이만 책상 앞으로 보내는데 성공한다고 하더라도 아이

펭수 날개 씻는 이야기를 하면 안 듣기가 더 어렵다.

는 이른바 '양자역학의 아이', '슈뢰딩거의 아이'가 되기
십상이다.

아이가 책상 앞에 있기도 하고, 없기도 한, 그런 이중
의 상태 말이다. 얘가 지금 대체 뭘 하고 있는지 부모가 관
찰하면 그 순간만큼은 책상 앞에 앉아 있는 아이. 반면 부
모가 관찰하지 않으면 책상 앞에서 사라지는 아이, 두 상
태가 공존하는 것이다.

부모가 어쩔 수 없이 다른 곳에 있어야 한다면, 아이를
방으로 유인할 수 있는 뭔가가 필요하다. 아이가 좋아하
는 과일 간식을 준비해 책상 위에 갖다 놓은 뒤에는 '숙제
해야지' 대신 '복숭아 갖다 놨다', '사과 깎아 놨다'는 말만
해도 된다.

아이가 학습을 해야 할 타이밍이라면 과일 간식을 거
실에서 노는 아이 옆에 갖다 주는 것보다는 책방으로 가져
가는 것이 낫다. 아이가 간식 먹으러 책방에 들어가면 다
시 대화의 미끼를 던질 수 있다. 눈치 빠른 아이라면 부모
의 메시지를 읽을 것이다.

아빠가 책상 앞에 앉아 있어도, 아이가 좋아하는 먹을
거리를 갖다 놓아도, 아이는 꿈쩍도 안 할 수 있다. 그럴

때는 멀리 있는 아이한테도 다 들리게 큰소리로 말하기도 한다. 물론 '이제 책상으로 와야지~' 같은 말은 아니다. 그런 직설적인 표현은 씨알도 안 먹힐 게 뻔하다. 그냥 아이가 관심을 가질 만한 상황을 연출해주는 것도 도움이 된다.

"으악!!"
"이야~ 이건 너무하지 않냐?"
"우와~ 대박!"

가족 누군가 갑자기 이렇게 말하면 당연히 궁금하지 않을까? 아이도 마찬가지다. 아빠가 갑자기 왜 이러는지 궁금할 수밖에 없다. 아이는 멀리서 "아빠, 왜?" 묻는다. 나는 왜 그런 큰소리를 냈는지, 아이가 올 때까지 절대 알려주지 않는다.

대신 "아니, 이건 진짜 너무한 것 같아~", "야, 이건 진짜, 너 이렇게 쉬운 거 봤어? 말도 안 돼~"처럼 말한다. 혹은 "어, 아냐. 나중에 말할게"하고, 하려던 말을 먹어버린다. 그럼 아이는 아빠가 대체 무슨 말을 하려고 했었는지 알아내려고, 결국 책상 앞으로 올 수밖에 없다.

부모가 "이제 숙제해야지~"하면 대개 안 한다. 숙제를 펴놓고 "어? 이게 다야? 오늘 왜 이렇게 적어? 대박!"이라고 하면 아이 스스로 연필을 쥘 수도 있다.

아이가 숙제를 시작하면 옆에서 '이거 뭐, 오늘은 껌이네~'하면서 아이를 격려해주기만 하면 된다. 적당한 추임새가 필요하다. 아이 행동을 어떻게 하면 부모가 원하는 쪽으로 유도할 수 있을지, 부모도 그 화법을 열심히 고민해보자.

'지옥의 불'을 켜자

언어보다 '시각'에 예민한 아이들도 많다. 아빠가 '이제 잘 시간~' 이렇게 말해도 되지만, 거실에 노란 빛의 할로겐 조명을 켜면 아빠의 의도를 알아챈다.

난 아이가 어렸을 때부터 자기 직전, 거실이나 방에 노란 빛의 불을 켜줬다. 주광색의 밝고 쨍한 빛보다 약해서 눈에 들어오는 빛의 양이 줄고, 잠들 준비에 적당하다고 생각했기 때문이다.

우리 집만 그런 걸까? 아이는 잠드는 것을 싫어한다. 캄캄한 방에 눕히면 순식간에 잠든 날에도, 아이는 자기 직전까지 하나도 안 졸리다고, 밤을 샐 거라고 주장했다. '나 하나도 안 졸려!'하면서 잠에 빠져든다.

아이는 그래서 노란 빛의 불을 싫어한다. 노란 불은 '지옥의 불'이라고 불렀다. 아빠가 '잘 시간'이라는 무언의 메시지를 빛의 신호로 보내는 것이기 때문이다. 내가 노란 불을 켜면 아이는 '이건 지옥의 불이야~'하면서 바로 꺼버린다.

그래서 아이를 공부방에 보내고 싶을 때 가끔 '지옥의 불'을 이용하기도 한다. 거실에는 노란 불을 켜고, 공부방에는 하얗고 밝은 불을 켜는 것이다. 아이가 거실 빛을 밝게 바꾸면 아빠가 끄기도 한다. "아들, 방에 가서 놀면 되잖아~"라고 아빠는 말한다.

물론 책상에는 아이가 좋아하는 과일을 갖다 놓을 수도 있고, 책은 펼쳐져 있는 상태일 것이다. 실패할 때도 있지만 아이는 결국 밝은 곳, 잘 보이는 곳에서 놀게 되어있다. 이렇게 빛으로 아이의 활동 범위를 은근히 제한하는 것도 써볼 만한 방법이다.

아빠의 결정을 아이의 결정으로

아이를 책상 앞에 앉혀도 순탄치 않다. 하루는 아이가 수학 문제집을 보고 '나, 이건 안 할래~' 거부했다. 숙제 3장이 너무 많다는 것이었다. 아이는 친구 집에 놀러 가서 7시간을 놀고 들어온 뒤였다.

난 처음에는 1장이라도 문제가 어려워서 오래 걸리면 숙제가 많은 거고, 10장이라도 문제가 쉬워서 금방 끝내면 숙제가 많지 않은 거라고 말했다. 아이는 무슨 말인지 이해하면서도, 이번 숙제는 예전 것보다 숫자도 많아서 '3장은 많은 것'이라고 계속 주장했다.

난 '오늘 3장 안 하면 내일 더 늘어날 수밖에 없다'고도 해봤지만 효과는 없었다. 뭐라고 말해야 할까, 잠깐 생각하다 그냥 아이 의견을 물어보기로 했다. 목소리는 약간만 엄하게, 살짝 깔았다.

"아들, 오늘 친구 집에서 몇 시간 놀다 왔다고 했지?"
"7시간."
"그러면 한~참 '퐁'만 하다가 이제 '당'은 안 하고, 또 '퐁'

만 한다는 건데. 어떻게 생각해?"

"음… 음… 음… '당' 해야 된다고… 생각해."

"그래 그럼. 오늘 이거 안 한다고 어떻게 되는 것도 아니고, 안 해도 돼. 근데 네 생각대로 해. '당' 한다고 했으니까, 가서 하자~"

난 아빠의 결정을 아이의 결정으로 바꾼 것이다. 아이는 부모 지시에 수동적으로 따르기보다는, 자신이 스스로 결정한 것을 더 잘 지켜야 한다고 생각할 수 있다. 아이를 이렇게도 움직일 수 있구나 깨달았다. 아이는 방에 들어가 숙제를 시작했다.

멀리 있던 아이 엄마가 조용히 와서 '뭐라고 말한 거야?' 비결을 물었다. 나는 '그냥… 자기가 한다고 하던데?' 말했다. 아이는 나중에 방에서 나오면서 "아빵~"하고 불렀다. 목소리에 애교가 붙었다.

"나, 몇 장 남은 것 같아?" "음… 1장 남았나?"

"아니~ 나 두 문제밖에 안 남았어잉~" "오, 그래?"

"이거 한 장 푸는데 30분이나 걸린단 말이야~"

"네가 그렇게 나올 줄 알고, 아빠가 시간을 재고 있었지. 음하하하. 지금 17분 됐다. 두 문제 더 풀면 20분 정도 되겠네. 하루에 수학 문제 20분은 많은 거 아니지 않니? 2시간도 아니고 말이야."

아이는 "17분? 진짜 그러네?"하면서 씩 웃었다. 나는 아이가 숙제를 시작하도록 돕기 위해, '네 생각은 어때?'라고 물어본 것밖에 없다. 아이는 7시간을 놀고 와서, 자기가 생각하기에도 '더 놀겠다'고 말하기가 멋쩍었던 것 같다. 어린이도 '염치'를 안다. 부모가 그 심리를 가끔 이용해보는 것도 좋겠다.

아들에게는 '초능력'이 있다!

아이의 '초능력' 얘기를 좀 하자. 지금 '아이 잠재력을 최대한 끌어내세요', 이런 진지하고 교육적인 얘기를 하려는 게 아니다. 그저 손목에서 거미줄이 나오고, 사물의 건너편을 투시해 모든 것을 볼 수 있고, 발바닥에서 불꽃이 뿜어져 나오면서 하늘을 가르는, 말 그대로 초능력 얘기를 해보려는 것이다. 아이는 초능력 캐릭터가 나오는 애니메이션을 보고 나면 한동안 그 초능력을 실제 생활에 적용하려고 했다. 다른 집 아이도 그럴까? 궁금하다.

아이가 초능력에 푹 빠져 있을 때는, 집에서 사고 나지 않는지 잘 봐줘야 한다. 집안을 헤집고 다니면서 손목에서 상상의 거미줄을 발사하거나, 손가락으로 투시 안경을 만들어 '프슥, 프슥' 희한한 소리를 내면서 자기는 모든 것을 꿰뚫어 볼 수 있다고 외친다.

이 방에서 저 방으로 순간이동도 한다. 순간이동은 안타깝게도 층간소음이다. 아들을 이해한다. 나도 어릴 적 TV에서 본 '소머즈'의 초능력에 감동했으니까. 그 초능력을 아이 공부에도 써보자.

"이거, 선생님이 숙제 내준 거거든? 여기까지 해야 돼~"

나도 이렇게 말할 때가 많다. 그런데 아이가 가끔 초능력에 심취해 돌아다닐 때는 그 심리를 자극한다.

"이거 초능력 있으면 순식간에 다 풀어버리겠지? 그럼 아빠가 진~짜 깜짝 놀랄 거야."

아이한테 이 한마디만 툭 던지고 공부방을 나가보자. 설거지하다가 아이 방이 조용해서 '얘가 대체 뭐하나' 몰래 들여다 본 적이 있다. 아이는 자신의 초능력을 증명하고 아빠가 깜짝 놀라도록 전투적으로 숙제를 해치우고 있었다. 그때 눈치 없이 방에 들어가지 말자. 아빠는 아무것도 모르는 척, 집안일을 계속하면 된다.

이런 날은 '오늘 숙제 시키는 거, 완전 날로 먹는구나' 싶다. 숙제를 마친 아이는 의미심장한 미소를 띠면서 내게 다가와 "아빠, 확인해 봐!" 외친다. 숙제를 확인해보라는 것이 아니라 자신의 초능력에 공감해달라는 뜻이다.

이제 리액션을 준비하자. 아이 방에 가서 책을 확인하고 "와, 대박! 너 진짜 초능력 있어?" 평소보다 좀 더 크게 놀라기만 하면 된다. 정답을 맞혔는지는 중요하지 않다.

아이가 스스로 숙제를 하도록 돕기 위해 내가 한 것이라고는 아이 마음을 살짝 건드린 것밖에 없다. 초능력은 환상이 아니라 실제라는 것을 아이가 입증해보라고, 괜한 도전 정신을 불어넣은 것뿐이다.

숙제에 초능력을 쓰기 시작한 아이는 초능력을 3가지로 나눴다. 초능력 놀이를 스스로 즐기는 것이다. 아이는 그 초능력을 각각 '물 모드', '불 모드', '번개 모드'라고 불렀다.

"'물 모드'가 뭐야?"

"'물'은 문제를 빨리 푸는 모드야."

"에이, 빨리만 풀면 되냐? 다 틀리겠네~"

"아니거든~ '불 모드'는 문제를 정확하게 푸는 모드야."

"'번개 모드'는 새로 나온 거야? 못 들어봤는데?"

"그건 문제를 빠르고 정확하게 푸는 모드야."

"그게 제일 좋네. 초능력 완전 짱인데?"

아이는 3가지 모드를 수시로 바꾸기도 했다. 모드는 어떻게 전환될까? 아이가 숙제를 하다가 자기 이마를 손으로 탁! 때리면 모드가 바뀐다고 했다. '개그콘서트' 프로그램에 나왔던 '마빡이'처럼 이마를 탁 쳤다.

입으로는 희한한 기계음을 흉내 내기도 했다. 모드 바꾸는 게 재미있어서 그런지 아이는 이마를 탁탁, 탁탁, 계속 쳐대기도 했다. 아이 자신만의 세상, 질서가 생긴 것처럼 보였다.

그 순간만큼은, 숙제가 놀이와 결합하고 아이에게 좀 더 거부감 없이 다가가는 게 틀림없었다. 아이가 어느 날 애니메이션을 보고 캐릭터를 흉내 내기 시작한다면 아이의 초능력을 믿어보자. 초능력을 공부에 써먹는다고 불순하다고 할 수 있을까? 부모도, 아이도, 책상 앞에서 지루하지 않으면 그만일 것이다.

공부를 놀이처럼, 놀이를 공부처럼

공부를 놀이처럼 하자는 것, 말이 쉽지 현실은 다르다. 하루는 아이 엄마가 '구구단 거꾸로 외우기' 미션을 아이한테 줬다. 수학학원 선생님이 집에서 '구구단 거꾸로 외우기'를 해보면 좋을 것 같다고 엄마한테 전했단다. 거꾸로 외우기에 성공하면 냉동실에 있는 구슬아이스크림을 준다고 엄마는 말했다. 실패한다고 밑질 것 없으니, 아이는 도전했다.

아이는 아직 거꾸로 외우기에 익숙하지 않았을까. 하

나둘 실수가 생겼다. 그러자 엄마는 실수하지 않고 성공할 때까지 한번 도전해 보자고 아이를 격려했다. 아이는 어떻게 반응했을까? 주말 아침부터 눈물을 흘리면서 울었다. 엄마는 '실수하지 않고 외워야 주겠다'는 것을 아이한테 미처 얘기해주지 못해 미안하다면서 아이에게 바로 사과했다.

A를 성공하면 B를 주겠다는 보상. 나도 그렇고, 많은 부모들이 지금도 자주 의존하는 화법일 것 같다. 다만 이렇게 아이는 울어버리고, 부모는 사과하고, 주말 아침이 유쾌하지 않을 때도 생긴다. 난 기분이 잔뜩 상해버린 아이한테 대뜸 물었다.

"아들, 집에 뿅망치 있니?"

"뿅망치는 왜?"

"아니, 게임이나 한번 해보려고 했지."

"무슨 게임인데?"

"구구단이지 뭐."

"뭔데, 어떻게 하는 건데."

"아빠가 구구단 문제를 내. 그리고 네가 맞추면 아빠를 때리고, 네가 틀리면 아빠가 널 때리는 거지~"

아이는 뿅망치를 잡았지만, 기분이 덜 풀렸는지 금세 안 하겠다고 돌아섰다. 하지만 삐친 마음은 뿅망치를 휘두르고 싶은 마음과 함께 풀렸다.

아이는 다시 뿅망치를 들고 엄마 앞에 나타났다. '한판 하자'는 것이다. 놀이라는 것이 참 신기하다. 공부는 부모가 먼저 하자고 하고, 놀이는 아이가 먼저 하자고 한다. 그런데 학습과 놀이를 결합해놓으니 아이가 먼저 하자고 할 때가 생긴다.

엄마는 구구단 문제를 내고 '5초' 안에 답을 맞혀야 한다는 간단한 룰을 추가했다. 5초가 지났는지에 대해서는, 아빠가 심판을 보기로 했다. 문제는 엄마가 내고, 아이가 정답을 맞혔다.

심판인 나는 "이이이이이…일, 이이이이이…이, 사아아아아…암"하고 숫자를 세기 시작했다. 시간이 고무줄처럼 늘어나자 아이는 대개 1초 안에 정답을 맞히고, 엄마를 뿅망치로 때린 뒤 깔깔대고 좋아했다.

엄마에 이어 나도 아이와 뿅망치 배틀을 해볼까 생각

했지만, 아이가 유독 아빠한테만 뿅망치를 '풀 스윙'하며 겁을 주는 바람에 게임을 시작하지도 못했다. 나름 괜찮은 시도였다. 삐친 아이의 마음을 달래기에는 충분했으니까. 아이는 구구단 거꾸로 외우기에 익숙해지면 다시 뿅망치를 들고 내 앞에 나타날지 모른다. "아빠, 한판 하자!"

늑대 울음소리의 신호

영어 동화 브랜드 '리틀팍스'에 보면 '정글북' 스토리가 있다. 중독성 있는 주제곡을 아이들이 많이 따라 부른다. 집에서 그걸 듣고 있으면, 회사에서 '아우~ 아우~' 늑대소리가 생각난다.

정글북 노래에 푹 빠진 날, 아이는 '아우~' 늑대소리로 신호를 만들었다. 마치 모스부호처럼 말이다. 아이가 공부와 놀이를 스스로 결합한 셈이다. 늑대 울음소리의 신호를, 아이는 나한테 이렇게 설명했다.

"아빠, 잘 들어. 아우~ 한 번은 '여기 와 달라'는 뜻이야."
"아우~ 아우~ 두 번은 '아빠 잘 좀 해봐'라는 뜻이야."

"아우~ 아우~ 아우~ 세 번은 '여기 좀 봐봐'고,

아우~ 아우~ 아우~ 아우~ 네 번은 '하기 싫다'는 거야."

"아우~ 아우~ 아우~ 아우~ 아우~ 다섯 번은 '이거 좀 가

르쳐주세요'야. 알겠지?"

이게 처음 들으면 헷갈리는데, 아이가 부모를 상대로
반복 학습을 시켜주기 때문에 금방 숙지할 수 있다. 아이
는 공부하다 심심하면 '아우~' 울면서 설거지 하던 나를
부르기도 하고, 하기 싫으면 '아우~ 아우~ 아우~ 아우~'
울기도 했다. 아이가 숙제를 절반 정도 해결했을 때, 나는
6번째 늑대울음 신호가 필요하다고 아이에게 제안했다.

"아우~ 아우~ 아우~ 아우~ 아우~ 아우~ 이거 여섯 번 하

면 무슨 뜻인 줄 알아?"

"뭔데?"

"몰랐지? '아빠, 숙제 다했어!' 이런 뜻이야."

난 아이한테 숙제를 어서 끝내자고 단 한마디도 말하
지 않았다. 하지만 아이는 단순히 '아우~' 6번을 해보기

위해 남은 숙제에 박차를 가하기 시작했다. 늘 그런 것은 아니지만, 남은 숙제 어서 하자고 굳이 말할 필요가 없다. 6번째 신호만 만들어주면 되는 것이다.

아빠의 심리 작전, '선택의 기술'

아이가 4살, 어린이집에 다닐 때다. 아이를 어린이집에서 데리고 나와 근처 대형마트에 갔다. 지하 3층 주차장에 자리가 없었다. 어린이집 끝나는 시간은 많은 사람들이 장을 보는 시간이었다. 지하 4층으로 내려가야 했다. 한 층을 더 내려가는데, 뒷자리에 앉아 있던 아이가 갑자기 심술을 부리기 시작했다. 대체 왜 그랬을까? 그냥 아빠 차가 한 층 더 내려가는 것이 싫다는 것이었다.

내리막에서 후진할 수도 없는 노릇이고, 난 계속 내려갔다. 감정이 격해진 아이는 울기 시작했고, 발버둥까지 더해졌다. 지하 4층으로 내려간 표면적인 이유 말고 다른 속내가 있었던 걸까? 그렇더라도 아이는 속내를 말하지 않거나, 말하지 못했다. 나는 다시 지하 3층으로 올라가 주차 자리를 찾아 헤맬 이유를 느끼지 못했다. 아빠도 물러서지 않았다. 살짝 언성이 높아져 아이한테 선택하라고 했다.

"아들! 그냥 집에 가도 되고, 아니면 여기서 내리자. 네가 선택해."

난 별다른 이유 없이 텅 빈 지하 4층 주차장을 떠나기 싫었다. 아이가 운다고 3층으로 올라가면 그 눈물의 특효가 입증되는 셈이니, 다음에 아이는 또 '눈물 카드'를 꺼낼 것 같았다. 그래서 그냥 집에 가거나, 지하 4층에서 내리거나, 두 가지 선택지만 준 것이다. 아이의 선택을 제한하기 위해서였다. 다시 지하 3층에 주차하고 마트에 들어간다는 제3의 방법은 아이한테 얘기해주지 않았다.

아이가 훌쩍 커버린 지금은 먹힐 일 없겠지만, 그때만 해도 아이는 제3의 방법을 제안하지 않았다. 아이는 눈물을 훌쩍거리면서 그냥 집에 가겠다고 말했다. 난 아이 뜻대로 했다. 아이는 지하 4층을 떠나겠다고 스스로 선택함으로써 자기 체면을 세웠고, 아빠는 선택지에 제한을 둠으로써 지하 3층을 뱅뱅 도는 최악의 상황을 모면한 것으로 만족했다. 아이를 키우다 보면, 이렇게 선택의 기술이 필요할 때가 온다.

노루가 시킨 학교 활동지

아이를 데리고 제주에 가서 한달살이를 할 때다. 제주에 도착하자마자 빡빡한 스케줄을 소화했다. 며칠 뒤 비 예보가 있었기 때문에 날씨 좋을 때 부지런히 다녀야 했다. 난 다음날 아이에게 성산일출봉을 보여주고, 제주자연생태공원에서 노루와 놀다가, 블루베리 농장에서 수확 체험을 하려고 했다. 하루에 세 군데를 다니자니 시간이 빠듯했다.

문제는 학교 숙제였다. 내일 숙제를 오늘 미리 해놓으면 세 곳을 둘러보기 딱 좋을 것 같았다. 특히 아이가 동물에 마음이 꽂혀버리면 시간 가는 줄 몰라서, 둘러보는데 충분한 시간이 필요했다. 오늘 숙제를 내일로, 내일 숙제를 모레로 미루는 건 쉬워도, 그걸 거꾸로 하도록 유도하

는 건 부모에게 어려운 도전이다. 내일 숙제 좀 미리 해놓
자고 어떻게 말해야 할까? 난 아이한테 두 가지 방법을 간
단히 얘기해주고 직접 '선택'하라고 했다.

"아들, 내일 말이야. 노루를 보긴 봐야 되는데 말이야…"
"왜? 무슨 말이야?"
"아니 내일 시간이 안 될 것 같아."
"노루는 무조건! 무조건 가야지~"
"그건 아빠도 아는데, 시간이 빠듯해."
"왜! 왜! 왜!"
"학교 활동지 있잖아. 학교에서 하라는 것도 많아요, 참.
아, 좋은 생각났다! 그럼 지금 이걸 해놓고 내일 노루를
한참 볼까? 아니면 이건 그냥 원래대로 내일 하고, 노루를
그냥 패스할까?"

이건 아이한테 답이 정해져 있는 선택이다. 아이는 당
연히 노루를 오래 보는 방법을 고를 것이다. 그 당연한 선
택에 아빠가 '학교 활동지'를 슬쩍 끼워 파는 셈이다. "내
일 노루 봐야 되는데, 그럴 거면 오늘 활동지 꼭 해야 돼"

내일 할 일을 오늘 시킨 것은 아빠가 아닌 '노루'였다.

· · · · · ·

이렇게 말해도 되겠지만, 이건 아이가 수동적으로 받아들여야 하는 부모의 선택이다. 선택을 아이한테 맡기면 아빠가 더 편할 때가 많다. 선택지에는 아빠의 생각이 녹아 있지만, 아이는 스스로 자기가 결정한 것이라고 느끼기 때문이다.

예상대로 아이는 활동지를 미리 끝내고 내일 노루를 한참 보겠다고 선택했다. 아이 스스로 내일 숙제를 오늘 미리 하겠다고 결정하는 기적의 순간. '학교 숙제는 원래대로 내일 하고, 대신 1시간 일찍 일어나서 출발하면 안 돼?' 이런 제3의 방법은 언급되지 않았다.

아이는 그날 자정까지 대단한 집중력을 발휘해 학교 활동지를 묵묵히 끝냈다. 노루를 위해 초능력을 발휘했다. 다음날 노루는? 사철나무 먹이를 두 번 주고 금방 지겹다면서, 농부가 되기 위해 다음 코스인 블루베리 농장으로 향했다.

밥 먼저? 놀이터 먼저?

나는 이런 선택의 기술을 자주 쓴다. 이제 막 해가 지려고 하는데, 아이는 학원 갔다 와서 놀러 나가겠다고 한다. 아빠는 지금 저녁을 먹여야 한다고 생각한다. 어떻게 말해야 할까?

당장 집밖으로 튀어나가려고 하는 아이한테 "밥 먹고 나가야지!" 외쳐도 된다. 아이가 못 들은 척 결국 나가버리면? 대체 어디서 그런 에너지가 나오는지, 캄캄할 때까지 놀다 올 수 있다. 그래서 2가지 선택지를 준다.

A. "그래. 네 말대로, 지금 나가서 놀아도 되는데, 대신 저녁 안 먹었으니까 아빠가 부르면 바로 들어와야 돼. 조금

만 노는 거지."

B. "지금 저녁 먹고 나가면 한참 놀 수 있어. 저녁 먹고 나가도 되고. 너 편한 대로 해."

아이는 보통 B를 고른다. 조금만 놀다 들어오는 건 싫기 때문이다. 밥 먹고 나가라고 하면 '싫다'고 할 텐데, 아이한테 고르라고 하니 밥 먹고 나가겠다고 한다. B는 아이도 좋고, 저녁 든든하게 먹이고 내보낼 수 있으니 아빠도 좋다. 노는 시간은? 사실 큰 차이 없다.

만일 아이가 A를 선택하면 어떻게 될까? 나는 아이한테 집에 일찍 들어오라고 말할 수 있는 정당성을 갖게 된다. 정당성을 준 것은 아이다. 아이도 자신의 선택이라는 것을 알기에 '집에 들어오라'는 아빠 말을 잘 따를 수밖에 없다. 이걸 어기면 아빠는 '네 선택을 네가 지키지 못했다'고 아이를 가르쳐준다. 아이 학습을 도와줄 때도 선택지를 줄 수 있다.

A. 학원 가기 전에 숙제 좀 해놓고, 학원 끝나면 친구랑 놀이터에서 놀다가 집에 오기

B. 학원 가기 전에 계속 놀다가, 학원 끝나면 바로 집에
오기

아이의 선택은 자연스럽게 A다. 늘 그렇다. 숙제 좀 하
고 가라고 하면 안 할 텐데, 선택지를 주고 고르라고 하면
자신의 결정이므로 스스로 책상 앞에 앉을 때가 있다. 아
이는 친구랑 노는 행복을 잃고 싶지 않기 때문이다. 그걸
아는 아빠는 교묘하게 '학원 가기 전 숙제하기'를 '친구랑
놀기'와 엮어서 아이한테 선택지로 내미는 것이다.

아이 스스로가 결정해야

한번은 토요일에 아이가 종일 친구와 놀고 집에 돌아
온 날이 있었다. 아이는 아직도 흥이 가시지 않은 것 같았
다. 신나게 놀았던 여운이 지속되는 것이다. 아이는 덜 놀
았다고 생각했는지, '나 오늘은 할 일 안 할래!' 외쳤다.
"종일 놀고 와서 그게 무슨 소리야~ 너 그럼 앞으로 친구
못 만날 줄 알아!" 이런 경고가 큰 효과가 없을 거라는 점
을 부모는 깨달아야 한다.

친구는 아이 혼자서도 동네를 쏘다니며 섭외할 수 있다. 난 아이를 조용히 방으로 불렀다. 내가 선택지를 내밀었을 거라고, 독자 분들도 이제 충분히 짐작하셨을 것 같다.

"아이고 우리 아들, 친구랑 신나게 놀고 와서 더 놀고 싶은가보네? 그럼 오늘은 하지 말고, 내일 일요일이라서 원래 공부 안 하고 노는 날인데, 내일 할까? 내일 해도 되지 뭐. 아니면 그냥 조금씩 양을 줄여서 오늘 하든가. 네가 좋은 방법을 골라 보자."

아이는 토요일을 선택했다. 난 다시 한 번, 단순한 선택지를 아이한테 제시함으로써 원하는 바를 이뤘다. 아이는 그 선택이 자신의 결정이라고 믿었을 것이다.

물론 이런 선택의 기술이 늘 먹히는 것도 아니고, 특히 아이가 클수록 효과를 장담하기 어렵다. 아빠가 제안하지 않은 제3의 선택지를 아이가 생각해내기 때문이다. 아빠와 아들의 두뇌 싸움이 더 치열해지기 전까지는 부모가 이런 기술을 시도해보는 것도 좋겠다.

2부 — 마음

택시와 블루베리, '명탐정 피카츄'

'화성에서 온 남자 금성에서 온 여자'라는 책 제목을 빌려서, 이 챕터의 제목은 '화성에서 온 아들 금성에서 온 엄마'로 지어도 되겠다. 아들과 도무지 코드가 안 맞는다고 호소하는 엄마들이 종종 있다. '화성 아들'은 '화성 아빠'와 코드가 맞을지 모른다. 엄마가 뭘 잘못해서가 아니라, 화법 자체가 아이와 잘 맞지 않을 수 있다.

부모 말이 듣기 싫으면 아이는 어느 순간 입으로 '아~ 아~ 아~ 아~' 소리를 내면서 양 손으로 귀를 막았다 열었다 반복한다. 부모가 보란 듯이 헤드폰을 끼기도 한다. 부모 말을 따르든 안 따르든 사실 큰 상관없지만, 일단 무슨 말을 하는지는 듣도록 도와줘야 하지 않을까? 부모가 뭐라고 말해야 아이가 관심을 가질까?

4살 때, 아이는 할머니 집에서 놀고 있었다. 퇴근 뒤 데리러 갔더니 아이는 집에 '절대' 안 간다고 했다. 할머니 집에서 노는 게 마냥 재미있었던 것이다. 뭐라고 말해야 아이가 움직일까. 난 집에 가자는 말 대신 "밖에 택시 구경하러 가자~"고 했다. 아이는 그 말을 듣자마자 잽싸게 옷을 챙겨 입었다. 당시 아이가 가장 좋아하는 게 도로에서 택시를 구경하는 것이었기 때문이다.

아이는 손님이 길가에서 손을 들어 택시를 세우고, 차에 타면 택시의 '모자'에 불이 꺼지는 것에 흥분했다. 택시 모자에 불이 들어와 있으면 빈 차고, 불이 꺼져 있으면 사람이 타고 있는 것이라는 사실이 신기했던 것이다.

6살 때도 그랬다. 미용실에 머리 깎으러 가자고 하면 꿈쩍도 안 한다. 아이의 관심을 끌 만한 재미있는 경험도 아니고, 옆에서 움직이지나 말라고 하고, 그저 가만히 앉아 있는 것이 영 재미없는 것이다.

그럴 땐 미용실까지 '킥보드나 타면서 가자'고 하면 그저 좋다고 따라 나섰다. 킥보드 따라 뛰어가느라 아빠만 좀 힘들면 된다. 아이를 부모 뜻대로 움직여야 할 때 논리

정연한 말을 꺼내 성공한 적은 별로 없다.

엄마의 설득, 아빠의 설득

아이가 8살이던 어느 주말, 아이 엄마는 중고 서점에 아이를 데려가려고 했다. 책을 사려고 했던 것 같다. 내가 기사 역할을 해야 해서, 같이 가기로 했다. 아이는 그런데 '서점에 간다는 것'이 마음에 들지 않았다. 집에 책이 이렇게 많은데, 또 무슨 책을 산다는 건가 싶었을 것이다. 아이는 대번에 '안 간다'고 선언했다.

엄마는 아들을 설득했을까? 아쉽게도 성공하지 못했다. 엄마의 설득법이 정확하게 기억나지는 않는다. 다만 엄마가 너를 왜 서점에 데려가려고 하는지, 그 이유에 대한 얘기였던 것 같다. 한 마디로, 특별한 포인트가 없는 다소 지루한 얘기였다. 집을 나설 때부터 스트레스를 안게 될 것 같았다. 결국 내가 한마디 거들었다.

"어이, 아들! 간식 사러 가야 되니까 옷 입어~"
"거기 서점이 말이야. 마트랑 같이 있어요, 마트랑 같이.

너 이따가 만화영화 보기로 했잖아. 마트에서 그때 먹을 간식을 사야 돼요. 얼른 옷 입자."

아이는 대답했다. "아하!" '외출 불가'를 선언했던 아이는 옷을 입기 시작했다. 간식은 '자신의 일'이기 때문에 외출의 필요성에 공감한 것이다. 그럼 마트 간식은 아빠가 억지로 지어낸 것일까? 아니다. 원래 마트 가기로 했었다. 중고 서점에 들렀다가 같은 건물에 있는 마트에 들르기로 예정돼 있었다.

엄마가 '서점'에 가자고 하니 안 가겠다고 선언하고, 아빠가 '마트'에 가자고 하니 잽싸게 옷을 챙겨 입는다. 옆에서 듣던 아이 엄마는 허탈했을 것 같다. 그날 서점에서는 아이가 볼 책 2권을 사고 만화책도 한 권 구입했다.

블루베리는 아이의 관심사

동네에 아이들 과학 실험과 체험 프로그램을 운영하는 업체가 있었다. '여기 가볼래?' 엄마가 묻자 아이는 가겠다고 했단다. 그래서 엄마가 수업료를 결제했는데 아이고, 아이 마음이 또 돌연 바뀌었다고 했다. 단순 변심으로 인한 환불은 안 되는 업체가 많지만, 이런 게 바로 '단순한 변심'이다. 아이의 마음이 바뀐 이유는 알 수 없었다. 엄마 심정은 '이제 와서 어쩌라고' 부글부글 끓는다. 수영학원 사건 2탄이 펼쳐지고 있었다.

아이 마음을 바꾸려는 엄마의 1차 시도는 실패했다고 한다. 그럼 2차 시도는 자연스럽게 아빠 숙제가 된다. 아이의 생각을 어떻게 바꿀 수 있을까. 가면 재미있는 곳이라고 설득해야 할까? 내가 재차 물었을 때도 아이는 "가기 싫다"는 입장만 재확인했다.

난 한참 고민하다가, 과학 체험과 아무런 관련 없는 블루베리 얘기를 꺼냈다. 블루베리는 그때도 지금도 아이가 가장 좋아하는 과일 가운데 하나다.

"아들, 아빠가 엄마한테 물어봤더니 그 수업 듣는 거 있잖아. 그게 블루베리 두 통 정도를 살 수 있는 거래. 가격이 비슷하대."

"응, 근데?"

"그래서 이따 거기 갔다 올 때 마트 들러서 블루베리 두

통 사오려고 했거든? 근데 안 가면 우리가 돈을 손해 보는 거잖아. 그러니까 블루베리 사오기가 좀 그래. 못 사겠지 아마?

그냥 마지막으로 한 번 더 가고, 올 때 블루베리 사오는 게 낫지 않아? 안 가면 오늘은 못 먹는 거고…"

어른이 듣기엔 황당한 논리일 텐데, 아이의 마음은 신기하게 움직였다. "알겠어. 갈게. 대신 블루베리 진짜 꼭 사오는 거다!" 마음이 돌아섰다.

과학 체험과 블루베리를 억지로 엮은 셈인데, 중요한 것은 사실 내가 어차피 마트에 블루베리를 사러 갈 생각이었다는 점이다. 냉장고에 블루베리가 똑 떨어졌었다. 블루베리가 특별한 선물은 아닌데, 마치 특별한 선물인 것처럼 아이한테 포장한 셈이 됐다.

아빠의 2차 시도가 성공하자, 엄마는 그때도 조용히 비결을 물어왔다. 아이 마음이 요즘 어디에 꽂혀 있는지, 부모의 관심이 아닌 아이의 관심을 내세우는 것이 비결이라면 비결일 것이다.

과학 체험이 왜 유익한지, 네가 얼마나 좋아할 만한 체험인지 등은 부모의 관심사다. 하지만 지금 냉장고에 블루베리가 없고, 마트에서 사와야 오늘 먹을 수 있다는 것은 아이의 관심사다. 난 아이의 관심사를 얘기했을 뿐이다. 그럼으로써 결정은 아이가 한 것이다. 물론 아빠의 뜻대로.

아이의 명분 '명탐정 피카츄'

8살은 아이가 시간만 나면 동네방네 친구를 찾아 놀러 다닐 때였다. 난 토요일 새벽일을 마친 뒤, 아이와 함께 경기도의 한 리조트에 가려고 예약을 해놓았다. 과학 체험교실에서 나오는 아이를 차에 태우고 바로 출발할 생각이었다.

하지만 난 분명히 예감했다. 아이는 가기 싫다고 할 게 뻔했다. 친구를 찾아서 놀아야 하기 때문이다. 그래서 마음의 준비를 하고, 대화 시나리오를 머릿속에 그렸다.

아이는 달팽이 두 마리를 넣은 통을 손에 들고 의기양양한 표정으로 체험교실에서 나왔다. 불과 얼마 전 '달팽이는 키울 수 없다'고 내가 말해놨는데, 체험교실에서 예고도 없이 아이들에게 달팽이를 선물한 것이다. 의기양양한 표정은 '아빠가 이제 어쩌겠어? 달팽이 키울 수밖에 없겠지?' 하는 그 표정이었다.

차 타고 리조트로 바로 가자고 했지만, 불길한 예감은 적중했다. 가기 싫다고 했다. 가기 싫은 이유는 '친구 찾아서 놀아야 하니까', 이유까지 정확히 들어맞았다.

리조트에는 아이가 좋아할 만한 별다른 시설이 없었다. 그저 한적한 곳의 공기 좋은 숙소였다. 그래서 비장의 무기를 미리 준비했다. 아이는 다섯 달 전 극장에서 '명탐정 피카츄' 영화를 본 뒤 그걸 다시 보고 싶다고 노래를 불렀었다. 그 영화 파일을 구입해 미리 노트북 컴퓨터에 다운로드 받아놓은 것이다. 산 좋고 공기 좋은 리조트? 아이는 1도 관심 없다. 명탐정 피카츄? 이게 아이 마음을 움직일 필살기다.

"안 간다고? 어, 근데 너 '명탐정 피카츄' 다시 보고 싶다고 하지 않았어? 리조트 가서 그거 보려고 컴퓨터에 다운받아놨는데? 괜히 받았나? 깜짝 선물이었는데…"
"어? 피카츄? 명탐정 피카츄? 갈래! 갈래! 아싸! 리조트 갈래! 나 리조트 가고 싶어서 간다고 하는 거 아니다! '명탐정 피카츄' 보러 가는 거다!"

난 아이의 마지막 말을 똑똑히 기억한다. 어린이도 '안 간다'고 했다가 갑자기 '간다'고 태세를 전환할 때는 나름의 명분을 세우는 것이다. 자기가 말을 바꾸는 것이 절대 아니다. 리조트는 여전히 가기 싫다. 다만 보고 싶었던 영화를 보기 위해 리조트에 따라간다는 논리다.

아이가 달팽이도 두 마리 받아 왔고 갑자기 어디 맡길 곳도 없는 상황이었다. 난 달팽이를 구실로 아이가 다시 말을 바꿀 수 없도록 쐐기를 박기로 했다.

"이따가 리조트 가서 영화 볼 거니까, 과자도 하나 사 가자. 아들, 그리고 말이야. 달팽이가 애호박을 그렇~게 좋아한대. 애호박도 하나 사서 리조트 가서 줘 보자."

"애호박? 달팽이가 애호박 좋아하는 걸 어떻게 알아?"

'어떻게 알긴. 네가 달팽이 키우자고 할 때 찾아 봤지.' 난 속으로 생각했다. 이쯤 되면 아이 머릿속은 얼른 가서

사전 예고도 없이 달팽이와 처음 만난 날

• • • • • •

달팽이한테 애호박 줄 생각으로 가득 차게 된다.

　이제 가기 싫었던 리조트는 생각나지 않는다. 남은 것은 '명탐정 피카츄'와 '달팽이 밥 주기'다. 아이와 기분 좋게 떠날 준비가 된 것이다. 물론 그날 '명탐정 피카츄'를 집에서도 볼 수 있었다는 건 지금도 비밀이다.

어린이집 등원 도우미의 숨은 비결

　돌이켜 보면 운이 좋았다. 아이가 어린이집과 유치원을 다닌 기간에 난 새벽 출근을 하지 않아도 되는 부서에 있었다. 어린이집 2년과 유치원 2년, 초등학교 1학년에 이어 육아휴직을 한 2학년까지, 아이의 등원과 등교에 조금이나마 힘을 보탰다.

　맞벌이 부부에게는 아침에 아이를 준비 시켜 어린이집과 유치원에 보낸다는 것이 결코 간단한 일이 아니다. 아이가 늘 협조적인 것은 아니기 때문이다.

　아이는 어린이집에 앞서 잠시 '놀이학교'라는 곳을 다녔다. 여기는 아빠가 아이한테 '을'이었다. 놀이학교 셔틀버스가 오는 시간이 정해져 있었기 때문이다. 난 어떠한 일이 있어도 아이를 그 시간에 맞게 준비해 집을 나서야 했다. 실패하면 출근이 늦어졌다. 은근히 스트레스였다. 가끔은 '까치 잘 지내나 보러 나가자'고 해서 집을 나서는 데 '성공했지만, 늘 까치 핑계를 댈 수는 없었다.

노란 셔틀버스를 타요 친구 '라니버스'라고 부르면서 '라니 타러 가자'고 해봤지만 효과가 별로였다. 셔틀버스를 제 시간에 맞춰 태우는 데 종종 실패했다.

라니 버스 타기 싫다고 소파에 앉아 울던 아이는 내가 셔틀 선생님한테 '먼저 출발하시라'고 전화하면 울음을 뚝 그쳤다. 아이는 그제야 "라니버스 가라고 했어?" 물었다. 마음이 조급해져 아이한테 가끔 짜증을 내고, 큰소리도 낸 적이 있다. 실패의 연속이었다. 놀이학교는 오래 다니지 못했다.

헤어짐의 세리머니 '하이파이브'

아이는 4살이 되면서 어린이집에 다니기 시작했다. 어린이집에서는 매년 3월 '곡소리'가 난다. 부모와 처음 분리되는 아이들이 아침마다 대성통곡을 하는 것이다. 아이와 떨어지는 과정이 쉽지 않았다. 초기에는 어린이집에서 전화가 와서, 아이가 낮잠 잘 시간인데 '엄마, 아빠 보고 싶다고 울어서 일찍 데려갔으면 좋겠다'고 한 적이 있었다. 난 집에서 아이한테 많이 속상했는지 물어보고 꼭 안아줬다. 다음에는 아빠랑 잘 헤어지자고 말했다.

아이는 다행히 어린이집에 무난하게 적응했다. 아빠는 본격적인 등원 도우미의 일상을 시작했다. 어린이집은 셔틀버스가 없었기 때문에 내가 언제든 아이를 데려다주기만 하면 됐다. 셔틀버스 도착 시간에 맞춰 아이의 등원 준비를 끝내야 하는 부담감이 사라진 것이다. 약간의 시간 여유가 생기면서 '을'의 지위에서 해방됐다. 덕분에 아이가 집을 기분 좋게 나서고, 아빠와 잘 헤어질 수 있도록 여러 가지 시도를 해볼 수 있었다.

우선 '하이파이브'다. 난 어린이집에서 헤어질 때 아빠와 손바닥을 짝! 마주치는 하이파이브를 하자고 아이와 약속했다. 아빠와 헤어지는 세리머니를 만든 것이다. 어린이집에서 아이가 부모와 떨어지기 싫어서 울기 시작하면 부모 마음도 약해지고 이별의 과정은 길어지게 마련이다. 이별을 짧게 압축하려고 생각한 것이 하이파이브였다. 내가 손을 내밀고 아이가 짝! 쳐주면 그건 '아빠, 이제 가도 돼'라는 뜻이다. 하이파이브를 하고 나면 아빠 마음도 편할 것 같았다.

이게 별 것도 아닌데, 효과가 괜찮았다. 어린이집 다니고 2주쯤 되었을 때 아이는 아빠랑 떨어지기 싫어 울먹울먹 하면서도 하이파이브만큼은 꼭 하겠다고 했다. 손바닥을 치고 내가 돌아 나가는데, 아이는 하이파이브가 빗맞아 '짝' 소리가 영 마음에 안 들었는지, 회사 가는 아빠를 다시 부른 날도 있었다. 그러고는 다시 정확하게 손바닥을 휘둘러 경쾌한 짝! 소리를 내고서야 어린이집 토끼반으로 들어갔다.

아이는 아빠와 깔끔하게 헤어진 뒤 금세 울음을 그치고 친구들과 점프하면서 신나게 놀았다는 게 선생님 전언이었다. 어린이집에 적응하면서 아이가 기분 좋을 때는 하이파이브를 두 번 하기도 하고, 그 파워는 점점 세졌으며, 때로는 아빠에 이어 선생님과도 하이파이브를 했다. 이런 과정은 아이가 부모와 떨어질 때 스스로 심리적인 매듭을 짓고 마음을 달래는 데 도움이 되는 것 같다.

또 한 가지는 '까만 날'과 '빨간 날'이다. 어린이집에 가는 평일과 가지 않아도 되는 주말을 4살 아이가 이해할 수 있게 구분해 알려줘야 했다. 달력을 갖다 놓고, 까만 날과 빨간 날을 여러 번 알려줬다. 아이가 어린이집 가는 날을 예측할 수 있다면, 아빠가 더 편해질 것 같았다.

또 '어린이집 가야지'보다는 '까만 날이네?'라고 말하는 것이 아이한테 심리적 부담이 덜할 것 같기도 했다. 안 그래도 가기 싫은데, '가야지' 하면 아이가 좋아할 리 없다. 어른도 마찬가지 아닐까.

아이도 어느 순간부터 어린이집 가기 싫은 날에는 "오늘 까만 날 아니야, 빨간 날이야~"라고 자신의 마음을 표현했다. 어린이집에 가야 한다는 현실을 부정하는 것인데, 그런 말을 들으면 '오늘 아침 쉽지 않겠구나' 직감한다. 아마 집에서 아빠랑 퍼즐을 맞추고, 풍선을 치고, 자동차 놀이를 하는 게 더 재미있어서 그랬을 것이다. 아이는 어린이집 2년차였던 어느 금요일 아침 이렇게 혼잣말을 했다.

"하아, 왜 이렇게 '까만 날'이 많냐…"

검정색 가득한 달력은 불만이고, 주말을 기다리는 것

은 아이나 어른이나 똑같은 것 같다.

마술사의 변신

등원 도우미로서 가장 힘들었던 점은 집을 나서는 그 자체였다. 출근 시간에 늦지 않으려고 아침부터 아이를 상대로 별의별 짓을 다 해봤다.

4살 때 아이가 외투 입을 생각이 없던 어느 날에는, 아빠가 먼저 출근 준비를 마치고 현관문 앞에서 기다렸다. 30분을 기다려도 아이는 꼼짝 안 했다. 그래서 현관문을 그냥 활짝 열어버렸다. 3월 아침의 차가운 공기가 집안에 밀려왔다. "어! 추워라~ 어, 추워, 추워, 추워~"하면서 후다닥 점퍼를 입혔다. 30분을 기다렸는데, 옷 입히는데 걸린 시간은 30초였다.

주중 쉬는 날에는 등원에 2시간이 걸린 적도 있다. 옷으로 실랑이하기 싫어서 그대로 뒀더니, 아이는 놀이에만 집중했다. 어린이집 가는 걸 잊어버린 것처럼 보였다. 그러다 정말 갑자기 아이는 어린이집에 가겠다고 나섰다. "어린이집 선생님한테 벨라 보여주러 갈까?" 아이한테 무심코 물어본 것이 한방에 먹힌 것이다. '벨라'는 '규리 앤 프렌즈'라는 영어 애니메이션에 나오는 캐릭터다. 벨라는 다음날에도 기린 인형과 함께 어린이집 등원을 도와줬다.

한때는 '마술사의 변신'이 어린이집 등원에 특효약이었다. 어느 날 아침, 아이가 스스로 옷을 입은 걸 보고 내가 화들짝 놀란 연기를 하면서 '마술사의 변신'은 시작됐다. 아빠는 잘 보이는 곳에 그날 입고 갈 옷을 두기만 하면 된다. 그럼 아이는 아빠를 깜짝 놀라게 하기 위해 몰래 옷을 입는 것이다.

다음날은 아이한테 주의를 준다. "너, 오늘도 마술사처럼 변신하면 안 돼. 알겠지?"라고 말하는 것이다. 어른도, 하지 말라는 것을 더 열심히 할 때가 있지 않은가? 아이는 혼자 속옷부터 겉옷까지 완벽하게 챙겨 입고 짠! 나타난다. 아빠가 눈치 없이 마술사의 비밀을 알아채서는 안 된다.

"아빠가 곰처럼 공격할지 몰라"

아침에 음식을 준비해 아이의 빈속을 채워줄 때도 그

바나나 팬케이크를 몰래 먹으면? 아빠는 곰이 되어야 한다.

······

렇다. 먹을 것을 준비해 두고 '이거 먹어~' 말할 수도 있다. 그런데 이렇게도 말해보자. '이거 아빠가 먹을 건데, 네가 몰래 먹으면 아빠가 곰처럼 공격할지 몰라'라고 아들한테 주의를 주면 어떻게 될까?

아이는 정말 최선을 다해서 먹는다. 곰처럼 공격하는 아빠를 봐야 하기 때문이다. 아이는 식탁 밑에 조용히 숨어 있다가 손만 슬금슬금 올라오기도 하고, 어딘가에서 번개처럼 나타나 음식을 가져가기도 한다. 먹으라는 말 한마디 없이, 아이 혼자 먹도록 만들 수 있다. 아이의 심리는 가끔 그렇게 움직인다.

아이가 5살이었던 어느 날, 아침 추위가 몰아쳤다. 바깥 기온은 영하 7도였다. 그날은 아이한테 옷을 단단히 입히고, 나는 어쩌다 보니 외투를 손에 들고 집을 나서게 됐다.

'아들은 따뜻한 옷 입고~ 아빠는 옷도 없고~'하면서 오들오들 떠는 척을 했더니, 아이는 그걸 보고 깔깔대며 웃었다. 난 '이거구나' 싶었다. 그 뒤로 며칠간 외투 없이 벌벌 떠는 연기를 했다. 집을 나서는 것이 말할 수 없이 편했다. 내가 부르르 떠는 걸 보려면 아이가 집을 나서야 했기 때문이다.

또 한 번은 주차장에 도착한 뒤 아이를 어깨에 거꾸로 메고 어린이집 문 앞까지 걸어간 적이 있다. 남자 아이라 그랬을까. 아무 맥락 없이, 이유 없이, 거꾸로 매달리기만 해도 '으아~'하면서 좋아한다. 그 방법을 또 며칠 써먹었다. 아이가 대롱대롱 매달릴 것을 기대하면서 집을 나서고, 싱글벙글 웃으면서 어린이집에 갈 수 있다면 아빠가 좀 힘든 건 문제가 아니다.

"아이가 종일 오리 소리를 냈어요."

아이는 '스토리'에 끌린다. 하루는 등원하기 전, 아이가 오리 책에 꽂혔다. '꽥! 꽥! 꽥꽥!' 오리 소리를 흉내 내기도 했다. 그럴 듯했다. 그래서 내가 스토리를 만들어줬다.

"아들, 너 오늘 파랑새반 들어갈 때 오리 소리 너무 크게 내면 안 돼. 알겠지?"

그 순간 아이는 어떤 생각을 했을까? 당연히 어린이집에 들어가면서 오리 소리를 내는 걸 생각하게 된다. 서둘러 집을 나서야 하는 이유를 아빠가 만든 것이다. 왜? 오리 소리를 내야 하니까.

아이는 예상대로 주차장에 도착한 순간부터 꽥꽥 거리기 시작했다. '꽥'과 '꽥'의 톤을 미묘하게 조절해서, 아이는 서로 다른 오리가 10마리 있는 거라고 설명했다.

아이는 어린이집에 들어갈 때도, 나와 하이파이브를 할 때도 '꽥! 꽥!' 했다. 늦은 오후, 아이를 데리러 갔을 때 선생님이 남긴 메모에는 "아이가 종일 오리 소리를 냈어요."라고 적혀 있었다.

아이가 좋아하는 건 오리뿐만이 아니다. 동물을 워낙 좋아해서, 어린이집 등원길에 '동물 이름 대기' 배틀을 한 적도 한두 번이 아니다. 내가 이기면, 아이는 다음날 아빠한테 복수해야 하는 이유가 생기므로 집을 일찍 나서야 한다. 그럼 자연스럽게 등원이 편해진다.

재활용품 수거 차량의 덕을 본 날도 있었다. 차량은 매주 하루, 아침 일찍 아파트 단지를 누볐다. 재활용품을 집는 거대한 집게가 달린 차량이라서 아이의 눈길을 끌었다. 하루는 밖에서 '위잉~' 기계 소리가 나기에, 아이한테 얼른 집게차 구경하러 나가자고 해서 뛰어나가도록 한 적도 있다.

서둘러 나가 보니, 집게차는 다른 곳으로 이동하고 없었다. 하늘이 노래졌다. 난 아이를 안고 집게차 소리가 나는 곳으로 뛰었다. 다행히 집게차가 거대한 재활용품을 집어 옮기는 장관을 놓치지 않았다. 아이는 넋을 놓고 구경하다 어린이집에 갔다. 이사 업체의 사다리차 소리가 들릴 때도 있다. 그런 날에는 키다리 사다리차 보러 나가자고

재활용품 집게차가 5살 아이를 어린이집에 보내준 날

해서 집을 가뿐하게 나선다.

햄스터의 도움을 받기도 했다. 전날 동물원에서 너무 신나게 놀아서 그랬을까. 아이가 갑자기 어린이집에 가지 않겠다고 한 날이 있었다. 난 말로는 "그래라~" 했지만, 속으로는 '진짜 끝까지 안 가면 어쩌지?' 걱정했다.

그러다 우연히 햄스터가 눈에 들어왔다. "그럼 아들, 부코(햄스터 이름)한테 해바라기씨 주고 갈까?" 물었다. 아이는 대번에 좋다고 했다. 아이도 좋고, 아빠도 좋고, 자다 깬 햄스터도 해바라기씨 간식에 좋았을 것이다.

등원 아이디어가 고갈됐을 때는 아이한테 직접 '어떻게 하면 어린이집에 갈 때 기분 좋을까?' 물어보기도 했다. 아이는 "아빠가 유산균을 하나 주고, 어린이집 도착해서 거꾸로 안고, 손에는 자동차 하나 들고 가면 좋겠어"라고 말했다.

못해줄 것이 없었다. 아빠는 회사를 가고, 자기는 어린이집을 가야 한다는 현실을 인정하는 것 같아서 5살 아이가 어른스럽게 느껴졌다. 어느 금요일 아침에는 아이와 이런 대화도 나누게 됐다.

"아… 오늘 어린이집 가기 싫다."

"어 그래? 금요일이라 그렇구나? 아빠도 회사 가기 싫을 때 있어. 아빠는 월요일에 회사 가기 싫더라."

"왜? 나 때문에?"

"어, 아들이 좋아서, 헤어지기 싫어서^^ 근데 안 가면 돈을 안 주니까…"

"그럼 장난감도 못 사고~ 과일도 못 사고~ 오늘은 어때?"

"오늘은 뭐… 회사에 가기 싫진 않아. 아들 어린이집 보내주고, 아빠도 가야지 뭐."

유치원 등원의 루틴 '달리기'

아이는 6살이 되자 동네 유치원에 다니기 시작했다. 어린이집에서 2년간 해온 것처럼, 아이는 유치원 첫날부터 나와 짝! 하이파이브를 하고 교실로 들어갔다. 유치원의 3월은 여기저기서 곡소리가 나던 어린이집의 3월과 사뭇 다른 풍경이었다. 대성통곡은 들을 수 없었다.

아이도 '형아' 티가 났다. 유치원 며칠 다니더니, 아이는 하이파이브를 하고 출근하는 내게 "아빠! 안녕~"하고 인사를 건넸다. 행복했다. 날마다 그렇게 행복하면 좋으련만, 유치원도 가기 싫은 날이 꼭 있다. 아이를 어떻게 도와줘야 할까?

집을 나서기 위해 가장 많이 쓴 방법은 '달리기'였다. 웬 달리기? 싶겠지만 남자 아이들 중에 달리면 마냥 웃는 애들이 꼭 있다. 아무 이유 없고, 맥락도 없이 그냥 달리는 것이다. 아이는 깔깔 웃고 행복해 보였다. 유치원은 초등학교 부지 안에 있어서, 달리기 트랙이 있었다. 아빠는 틈만 나면 거기서 대결하자고 말을 꺼내 아이를 기분 좋게

......

아빠와 신나게 달리고 나면 유치원 입구에 도착한다.

데리고 나갔다.

6살 때도 뛰었고, 7살 때도 계속 뛰었다. 보통은 내가
져주고 아이는 의기양양하게 등원한다. 내가 전력질주하
면 이겼을 테지만, 대개 아이가 '시… 장! 시… 작!' 하면서
튀어나가기 때문에 아빠 스타트가 항상 늦다. 워낙 자주
뛰니까, 유치원 선생님들은 저 멀리서부터 '이겨라! 이겨
라!'하면서 아이를 응원하기도 했다. 때로는 '밖에서 줄넘
기나 하고 가자'고 해서 집을 나선 적도 있다.

해바라기씨가 등원 시켜준 날

어린이집 등원을 도와준 햄스터는 장수하고 있었다.
사람 나이로 여든은 됐을 것이다. 햄스터 사료에 든 해바
라기씨를 땅에 심으면 어떻게 되는지, 언젠가 아이가 궁금
해 했다. 사료라서 싹이 트는 건 아닐 거라고 설명해줬지
만, 아이는 그래도 심어보고 싶다고 했다.

그래서 하루는 등원 준비를 서둘러 '해바라기씨 심어
볼까?'하고 아이를 데리고 나간 적이 있다. 싹이 날 리가
없는데 일단 제 시간에 집을 나서는데 도움이 되니 고마울

뿐이었다.

해바라기씨를 심은 뒤, 아빠는 회사에 갔다 오면서 다른 씨앗을 좀 더 사오겠다고 했다. 그걸로 며칠간 유치원을 편하게 보낼 수 있을 것 같았기 때문이다. 아이는 다음날 봉선화, 그 다음날은 채송화, 그 다음날은 나팔꽃 씨앗을 아파트 화단에 심고 유치원에 갔다. 물론 씨앗을 심은 뒤에는 '싹 텄나 보러 가자'고 해서, 또 며칠 유치원을 편하게 보낼 수 있었다. 씨앗은 가성비가 꽤 좋았다.

아빠만 아는 10분 빠른 시계

어린이집에 이어서 유치원까지, 아이 등원을 몇 년간 돕다 보니 눈 뜨자마자 육아의 도전에 직면한 날이 많았다. 아침을 안 먹으면 아이한테 장난감 돈을 받고 먹을 것을 파는 장사놀이를 하기도 했다. 밥과 과일은 절찬리에 판매됐다.

가끔 유치원 가기 싫다는 날에는 '가는 길에 아빠가 눈을 감을 테니, 아빠 손잡고 유치원 앞까지 끌고 가보라'고 시켰다. 그럼 아이는 그 놀이를 하겠다며 집을 나섰다. 유치원 가는 길을 훤히 안다는 걸 아빠한테 보여주고 싶은 것이다. 난 실눈 뜨고 앞이 안 보이는 척 끌려 다니면서 아이를 유치원에 데려다주었다.

'추가 시간' 10분의 여유

등원은 대개 자연스럽게 이뤄졌다. 아침의 '루틴'이기 때문이다. 8시에 아이를 깨우면, 8시 10~20분에 아침을 먹고, 40분에는 이를 닦고, 아빠가 꺼내놓은 옷을 입고 집을 나선다.

문제는 아이가 종종 루틴을 거부한다는 점이다. 언제 거부할지 예측도 불가능했다. 어느 날 아침, 갑자기 유치원 가기 싫다고 선언하거나, 밥을 안 먹겠다고 하고, 이를 닦기 싫다고도 했다. 아이를 유치원에 보내지 않으면 돌봐줄 사람도 없었다. 아이 등원이 늦어지면, 출근도 늦고, 업무 스케줄도 꼬일 수 있었다.

'네가 지금 이를 안 닦으면, 아빠가 회사에 늦어서 이놈~ 하고 혼날 수 있어' 설명도 여러 번 해봤지만 별다른 효과가 없었다. 정해진 시간에 정해진 행동을 하도록, 예를 들어 8시 40분에는 꼭 양치를 시키려고 AI스피커에 반복 알람을 설정해보기도 했다. 알람이 울리면 자연스럽게 이를 닦도록 말이다. 처음에는 효과가 있었지만, 오래 가지 않았다.

난 며칠을 고민하다 벽시계를 10분 일찍 맞춰놓기로
했다. 아이는 벽시계를 기준으로 여전히 8시에 일어났지
만 실제로는 10분 일찍, 7시50분에 일어나기 시작한 것이
다. 효과는 만족스러웠다. 아이의 등원 루틴은 겉보기에
그대로였지만, 아빠인 나는 아침 회의에 늦을까봐 조바심
내는 일이 사라졌다. 집을 나서야 할 시간에 아이가 책을
1권 더 읽겠다고 해도 너그럽게 허락할 수 있게 됐다.

한여름에는 어린이집 가기 전, 아이가 매미를 잡아달
라고 했다. 처음에는 맨손으로 잡다가 안 되겠다 싶어서
집에 다시 들어가 잠자리채를 가져왔다. 그날 4마리를 잡
았다. 어린이집 가는 차안에 매미 소리가 가득했다. 아이
는 입이 헤벌쭉 벌어졌다. 아이 몰래 벌어놓은 '추가 시간'
10분이 있었기 때문에 가능했다. 아침에 '퀴즈놀이 하자'
는 요구도 여유 있게 들어주고 출근할 수 있었다. 덕분에
아이는 실제 시간보다 조금씩 일찍 잠자리에 들기도 했다.

'패딩턴'이 가져온 부작용

새로운 제도는 예상치 못한 부작용을 가져오기도 한

아이는 벽시계의 비밀을 알지 못했다.

다. '10분 빠른 시계'의 전제는 아이가 때로 매우 굼뜨거나, 집을 나설 시간에 책읽기나 다른 놀이를 자주 요구한다는 것이다. 반대로 아이가 유치원 등원을 서두르게 된다면? 실제 시간보다 너무 일찍 등원하게 된다. 난 그런 일이 벌어질 것이라고 미처 생각하지 못했다.

하루는 유치원에서 '패딩턴'이라는 영화를 보러 극장에 가는 날이었는데, 아이는 일어나자마자 등원을 서둘렀다. 마음은 벌써 친구들과 극장에 가 있는 것이다. 아이는 불필요하게 일찍 집을 나서는데 난 말릴 명분이 없었다. 아빠가 '저거 사실은 시간 빠른 거야~' 실토할 수 없었기 때문이다.

아이는 그렇게 아빠가 맞춰놓은 시간 속에서 유치원을 오갔다. 유치원 2년차가 되자 아이는 등원 시간 루틴에 완전히 적응했다. 가끔 늦게 일어나면 '아무것도 안 먹겠다'고 아침 먹기를 거부했는데, 이유는 '유치원에 늦을까봐'였다. 그런 일이 몇 차례 반복되면서, 난 시간을 원래대로 돌려놓기로 결정했다.

아빠는 벽시계를 떼어내 아이 앞에 갖다놓고 시간 강의를 시작했다. 물론 시간을 슬쩍 원래대로 돌려놓은 상태였다.

"아들, 긴 바늘이 여기 8자, 40분에만 나가면 안 늦는 거야. 지금 시간 많아~"

아이는 그제야 떡과 귤을 먹은 뒤 집을 나섰다. 혹시 '시간을 슬쩍 바꿔볼까' 생각이 든다면 배우자와 미리 상의하는 게 좋겠다. 누구 한 명이 '어? 시간 왜 이래?' 하는 순간 아이가 눈치 챌 수 있기 때문이다.

'감옥 탈출 놀이'로 손톱 깎기

아이가 첫 생일을 맞았을 때쯤이다. 갑자기 아이 엄마한테 '당했다'는 메시지가 왔다. 놀라서 사진을 봤더니, 아이가 손톱으로 엄마 눈 밑을 긁어서 피가 난 것이었다. 손에 뭔가 닿으면 아이는 본능적으로 잡거나, 긁거나, 잡아당기거나, 휘두르던 때다. 아이 손톱에 자칫 다칠 수 있어서 나도 몇 번 피했는데, 엄마는 피하지 못한 모양이다.

엄마는 아이를 혼낸 뒤 괜히 애만 울렸다고 후회했다. 아이는 3살 때 낮잠을 자다가 손톱으로 자기 얼굴을 긁어서 콧잔등이 빨개지기도 했다. 갓난아기들도 가끔 제 얼굴을 손톱으로 긁는다. 초보 부모들은 그러면서 '애들 손톱 자주 깎아줘야 하는구나' 깨닫는다.

아이 손톱은 성인보다 얇고 부드럽다. 깎는 시간도 얼마 안 걸린다. 아이가 잘 때 슬쩍 깎아줄 때가 많았다. 아이가 6살 때까지만 해도 별 어려움 없었다. 아침에 '손톱 깎자~'하면서 손을 달라고 하면 곧잘 내밀었다.

7~8살 때부터 변화가 나타났다. 아이는 손을 내미는 것조차 거부하기 시작했다. 유치원 가기 전, 손톱 깎자고 하면 아이는 도망 다니기 일쑤였다. 내가 쫓아가면 갑자기 '잡기 놀이'가 되니까, "그럼 저녁에는 깎자~" 말하고 만다.

진화하는 손톱 방어 기술

9살이 되자 아이는 손톱 방어 기술을 진화시켰다. 단순히 몸을 피하기만 하는 것이 아니었다. 내가 아무 말 없이 조용히 손톱깎이만 들고 나타나도, 잽싸게 몸을 피하면서 손에 양말을 장착하는 것이다.

아이는 장갑 대신 꼭 양말을 집었다. 발에 신는 것을 손에 끼우는 것 자체가 즐거운 것이 분명했다. 아이는 그러고 노는 것이다. 난 더 추격하지 않고 '양말 방어'에 졌다는 표정을 짓는다. 아이는 양말 손을 흔들면서 희한한 춤을 추고 세리머니를 한다.

몇 번을 겨줘도, 손톱을 꼭 깎아야 하는 날이 있다. 조금만 더 길면 부러질 것 같은 때가 온다. 부모는 어떻게 해야 할까. '손톱 깎자', '이제 금방 부러질 것 같아' 설명해도 안 먹힐 수 있다. 언젠가 시간 여유가 있어서 양말 손이 된 아이한테 게임이나 하자는 식으로 말을 걸었다.

"아들! 너, 여기 방바닥에 선 보이지? 이 선 넘어와서 양말 밖으로 손가락 보이기만 해봐~ 그럼 그 손톱은 무조건 깎는 거야! 넘어오기만 해봐 아주, 그냥 확 손톱깎이 들고 바로 출동이야."

난 아이한테 '양말 손'을 벗은 채로 방 밖에 나오면 절대 안 된다고 장난 섞인 뉘앙스로 엄포를 놓았다. 게임이 시작되자, 아이는 신이 났다. 방문은 열려 있지만, 아이는 방 밖으로 잘 나오지 않았다. 눈에 보이지 않는 감옥이 생긴 셈이다.

아이는 책상 앞에 앉아서 '양말 손'으로 연필을 잡아보려고 했다. 연필로 어렵사리 글쓰기가 가능했다. 자연스럽게 아이는 책상에 펼쳐져 있던 수학 숙제를 하기 시작했다. '곧 손톱도 깎을 텐데, 숙제도 시키네?' 의도치 않게 '일타쌍피'가 되어 가고 있었다.

숙제를 마친 아이는 이제 '감옥' 밖으로 탐색을 시작했다. 손에 양말을 낀 채 탈옥한 뒤, 방 밖을 활보하면서 아빠 반응을 지켜봤다. 난 손톱을 못 깎아서 부르르 떨고, 정말 억울하다는 표정을 지었다. 연기력이 충분치 않지만 아이하고 놀 때 그 정도면 괜찮다.

양말은 하나의 무기가 되었다. 아이는 이런 상황을 충분히 즐기다가, 거실에 있는 내 옆에 다가와 양말을 슬쩍 벗으려고 폼을 잡았다. 아빠 반응을 계속 떠보는 것이다.

"너, 너~ 어, 손가락 보인다! 보인다! 손가락 하나 다 보이면 그건 무조건 깎는 거야!"

아이는 양말에서 새끼손가락 하나를 슬쩍 뺐다. 난 새끼손가락 손톱 하나만 깎아줬다. 아이는 왜 내 옆에 와서 스스로 손가락을 내밀었을까? '양말 손'의 방패로 모든 손톱을 지켜내는 상황이 계속되는 것은 금방 지겨워졌기 때문이다. 손톱 하나를 깎은 아이는 다시 돌아다니기 시작했다. 방에 들어가 양말을 벗은 채 두 손은 방안에 나머지 몸은 거실로 내미는 묘기를 선보이기도 했다.

난 손톱을 깎지 않은 손가락이 방 밖으로 나오는지, 문 앞에서 감시했다. 아빠가 게임의 룰을 정해주면 아이는 이렇게 혼자 잘 놀기도 한다. 그 손가락을 스마트폰으로 찍어 방 밖으로 넘어왔는지 비디오판독을 해봤으면 아이가 더 재미있어 했을지 모른다. 아이는 금세 또 지겨워졌는지, 소파에 앉아 있던 나한테 다가와 말을 걸었다.

"에이, 그냥 다 깎을까?"
"그래~ 이제 다 깎고, 그만 하자."

재미있게 놀고, 손톱도 다 깎았다. 다시 손톱 깎을 때가 되어도, 아이는 손을 내밀기 싫어할 것이다. 그때는 손톱 끝에 수성 사인펜을 살짝 발라서 무지개빛 손가락을 만들어놓고 깎자고 해봐야겠다.

말놀이로 샤워·양치 도와주기

난 육아휴직과 동시에 집안일의 세계로 접어들었다. 집안일은 요물이다. 안 하면 금방 지저분한 티가 나는데, 죽어라고 해도 티가 나지 않는 것이다. 그렇게 티 안 나는 평형 상태를 끝없이 유지하는 것이 집안일의 본질인 것 같다. 뫼비우스의 집안일이다. 이 평형 상태의 질서를 깨트리는 핵심적인 원인은 어린 아이다. 많은 집이 비슷할 것이다. 부모는 정리에 정리를 거듭하고, 아이는 어지르고 또 어지르고, 지치지 않고 다시 어지른다.

만일 정리하지 않고, 아이를 그대로 둔다면? 집안의 모든 것은 골고루 뒤섞일 때까지 어지럽혀질 것이다. 내가 정리벽이 있는 것도 아닌데 그렇다. 아이는 어지르고, 난 치우기만 하다가 육아휴직이 끝나면 그 1년의 시간은 "치웠다" 한마디로 요약될 판이었다. 안타까운 한마디다. 아이가 행동을 바꿀 수 있게 도와줘야 했다.

잔소리 같지 않은 잔소리

아빠가 집에서 치워온 것들의 목록을 만들면 별도의 한 장을 쓸 수 있을 것이다. 아이가 먹은 밥그릇, 복숭아 먹은 접시, 영양제를 마신 컵, 물컵, 바닥에 떨어진 껌 종이, 과자 봉지, 거실에 널린 책들, 그리고 온갖 장난감들, 놀이터에서 놀고 들어와 '홀러덩' 뒤집어서 벗어놓은 옷들, 아이가 화장실 앞에 벗어놓은 속옷… 한숨 나오니까 여기까지만 쓰자. 이 모든 것은 제자리가 있다는 걸 아이한테 가르쳐야 했다.

"이거 뭐야, 싱크대에 갖다 놔야지~" 이런 표현은 아시다시피 효과도 장담할 수 없고 재미도 없다. 여러 번 얘기하면 잔소리가 되게 마련이다. 아이에게 '네가 어지른 건네가 치워주면 좋겠다'고 몇 번 말한 뒤부터는 다른 표현을 쓰기 시작했다. 집안이 혼돈의 카오스가 되기 직전, 난 아이한테 이렇게 말하고 다녔다.

"어? 아들! 이거 껌종이 봐. 이게 왜 아직도 여기 있지?"

"어? 여기 접시, 이건 왜 아직도 여기 있지?"

"아들, 읽은 책 좀 봐. 탑을 쌓겠어, 탑을. 근데 이게 왜 아직도 여기 있지? 혹시 알아? 왜 아직도 여기 있는지?"

"이건 또 왜 아직도 여기 있는 거야~"

언젠가는 아이가 마땅히 스스로 치워야 하는 물건 앞에 쭈그려 앉아 소리를 질렀다. "으악, 이게 뭐야!" 아이는 당장 궁금하니까 저쪽에서 놀다가도 일단 달려온다. 바로 낚인 것이다.

"여기 이거 이거, 팬티~ 이게 왜 아직도 여기 있지? 혹시 이거 누가 벗어놓고 간 거야? 우리 집 아들은 빨래통에 잘 넣는 걸로 아는데, 혹시 친구 팬티야? 친구한테 영상통화해 봐. 친구한테 팬티 보여주고 친구 것 맞는지 물어봐."

아이는 자신의 속옷인 것을 아빠가 뻔히 알면서 자기

를 속였다는 생각에 씩 웃으면서 "뭐야~" 소리친다. 아빠가 친구한테 자기 속옷을 보여주라는 황당한 소리를 해대니. 일단 웃게 되는 것이다.

아이는 물론 속옷 안 치우고 가버릴 때도 있지만, 나중에 돌아와 자기가 슬쩍 치울 때가 많다. 한번은 무지개빛 실뜨기 장난감이 주방 바닥에 아무렇게나 돌아다니기에, 내가 주워 손목에 걸고 다닌 적이 있다.

"어? 아빠 손목에 왜 그거 하고 다녀?"
"아니, 누가 말이야. 이걸 주방 바닥에 그냥 버리고 갔더라고. 누가 버렸는지는 잘 모르겠어. 그래서 이게 지금부터 아빠 것이 되었지!"
"에이! 나 줘! 감히 내 소중한 것을~"

아이는 실뜨기 장난감을 자기 방으로 가져갔다. 장난감 치우라는 말을 이렇게 에둘러 하거나, 아이가 충분히 알아듣는 상황을 연출해주면 소통이 부드러워지는 것 같다. 잔소리인데 잔소리처럼 들리지 않는 말은 얼마든지 만들 수 있다.

난 아이한테 간식 접시를 싱크대에 갖다 놓으라고 할 때 늘 같은 표현을 쓴다. "싱크대 골인!"이다. 몇 번 얘기한 뒤에는 그냥 "이거 골인~" 말하면 알아듣는다. '골인'이라는 표현을 쓰니, 아이가 접시를 자꾸 던지려고 해서 말려야 하는 부작용은 있다. 어떻게 말려야 하나 표현은 고민해야 한다. 그냥 "던지면 안 된다"는 말은 해주는데, 뭔가 신선한 표현이 필요하다고 느낀다.

"호야! 호야!"

재활용품 분류도 그렇다. 아이가 플라스틱 통이나 캔을 쓰레기통에 버리면 집안일이 줄어드는 효과가 없다. 우리 집에서 '이건 재활용품이니까 알맞은 통에 넣자'는 얘기는 한때 "호야, 호야"로 통했다.

'호야'는 'TV동물농장' 프로그램에 나온 천재적인 개의 이름이다. 주인아저씨가 부탁하는 수십 가지의 집안일을 척척 해결한다. 호야는 아저씨가 목마르다고 하면 음료수를 갖다 주고, 아저씨가 마당 청소를 하면 손잡이를 돌려 물을 틀고, 청소가 끝나면 물을 잠가준다.

가장 놀라운 것은 재활용품 분류다. 호야는 종이와 플라스틱, 캔의 재질을 파악하고 정해진 재활용품 통에 갖다 넣었다. 아이는 TV에서 호야를 보면서 연신 '대박'이라고 말했다.

나는 처음에 아이를 종이와 비닐, 플라스틱을 담는 장소로 데려가 친절하게 알려주려고 했다. 아이의 첫 반응은 어땠을까? "아, 알아~"하고 휙 돌아서는 것이었다. 부모가 뭔가를 가르치는 상황 자체가 그저 싫었나보다. 재활용품의 차이를 안다고 하니, 이제 아무 곳에나 버리지 않고 분류하도록 도와주기만 하면 됐다.

난 어느 날 아이가 먹고 난 딸기우유 종이팩을 가리키면서 "어? 이거, 호야, 호야, 호야!"라고 말했다. 아이는 바로 알아듣지 못했다. 아빠가 또 무슨 엉뚱한 얘기를 하나 머리를 굴렸을 것이다.

"아니, 호야 몰라? 호야. 그 엄청 똑똑한 개 있잖아~"
"아~? 호야 알지~ 내가 그걸 모르겠어?"
"걔가 이거 입으로 이렇게 딱 물고 어디로 갔을 것 같아? 응? 어디로 갔을 것 같아?"

아이는 피식피식 웃기 시작했다. 아빠가 무슨 말을 하는지 알아들었다는 신호다. '호야'의 신호를 이해했으니 이제 다음에는 내가 입으로 과자 봉지를 물고 호야 흉내를 내도 아빠의 뜻을 이해할 것이다. 집에서 개 흉내까지 내야 하나 싶지만 잔소리 없이 아빠도 편하고 아이도 즐거우면 그만이다. 아이는 아마 입으로 과자 봉지를 물고 네 발로 집을 돌아다닐지 모른다.

모든 것의 시작은 OO

아이는 9살, 초등학교 2학년이 되면서 완전히 혼자 샤워를 했다. 그전에는 부모가 조금이나마 도와줬다. 아이 눈에 물이 들어가지 않게 머리에 샤워캡을 씌우기도 했다. 혼자 해도 될 것 같아서 몇 번 권유했는데, 아이는 혼자 한 번 해보더니 다음번에는 싫다고 했다. 굳이 샤워 독립 선언을 할 필요를 못 느꼈던 것 같다.

난 그래서 일부러, 아이가 조금씩 불편함을 느끼도록 샤워를 도와주기 시작했다. 눈에 물이 들어가든 말든, 코에 들어가든 말든, 샤워캡을 벗기고 물을 냅다 뿌렸다. 근데 아이는 물놀이를 하는 줄 아나, 좋아했다.

친구가 집에 놀러오면서부터 변화가 시작됐다. 친구와 둘이 욕조에서 '워터파크' 놀이를 한 다음, 친구가 혼자 샤워하는 것을 앞에서 지켜본 것이다. 이때 부모가 '와, 아무개는 혼자 샤워 잘하네' 말하면 아이는 부모가 자신을 친구와 비교한다고 느낄 것 같았다. 난 아무 말도 하지 않았다.

아이는 그래도 뭔가 깨달은 모양이었다. 머지않아 혼자 샤워를 하기 시작했고, 나는 여러 육아 노동 가운데 아이를 씻겨야 하는 노동에서 해방되었다. 해방이 좀 늦게 찾아온 것 같았다.

해방은 그러나 아빠의 완전한 자유를 뜻하지 않았다. 아이가 스스로 샤워를 하도록 만들어야 하는 과제가 남은 것이다. 아이는 온몸이 땀으로 범벅이 됐을 때만 제 발로 욕조에 걸어 들어갔다. 친구들과 축구한 뒤에는, '밖에 비가 오나?' 싶을 정도로 땀을 흘리고 들어왔다. 그런 날은 굳이 샤워하라고 말할 필요가 없었다.

땀을 애매하게 흘린 날이 문제였다. 엄마는 하라고 하고, 아이는 하지 않겠다고 맞섰다. 6살 때는 화장실로 유인하기가 그나마 쉬웠다. 물 묻힌 휴지를 벽에 던져 '착착' 붙는 소리를 내면 아이는 자기도 해보고 싶어서 화장실로 들어왔다. 하지만 효과가 오래 가지 못했다. 샤워를 해야 몸에 묻은 병균과 바이러스가 죽고, 이런 당연한 말은 안 먹힐 것 같았다. 나는 구호를 만들었다. '모든 것의 시작은 ~ 샤워'라는 구호를.

"아빠~ 나 배고파. 뭐 먹을래."

"어, 그래 줄게. 근데 모든 것의 시작은 띠로리~"

"아빠~ 나 오늘 '몬스터 아카데미' 하나 더 볼래."

"어, 그래. 근데 모든 것의 시작은~ 거시기인데…"

"아빠~ 나 복숭아 먹을래."

"어 근데, 모… 오… 드… 은… 거… 어…"

"아, 샤워하기 싫은데~"

'모든 것의 시작은~' 운율을 넣어 얘기하면 나름 귀에 쏙쏙 들어온다. 아이가 씻어야 할 타이밍에서 구호를 여러

비누방울 총을 신나게 쏜 뒤, 아이는 무엇을 했을까?

· · · · · ·

날에 걸쳐 반복하면 '샤워'라고 말하지 않아도 된다. 내가
'띠로리~'라고 해도 아이는 찰떡 같이 '샤워'로 이해하고,
'거시기'라고 해도 알아듣는다. 영화 '주토피아'의 나무늘
보 캐릭터처럼 '모오드은거어'라고 운을 띄워도 아빠의 뜻
은 오롯이 전달된다.

　한번은 아이한테 샤워하라고 하지 않고, 그냥 '샤'라고
만 말하기도 했다. 아이가 못 알아들으면 '샤'는 발음하고,
'워'는 입 모양만 보여주고 맞혀보라고 했다. 그렇게 퀴즈
를 풀다가, 아빠가 낸 문제의 정답이 '샤워'라는 것을 알게
되면 아이는 씩 웃으면서 도망간다. 기출 문제가 생겼으니

다음에는 '샤샤'라고 해도 알아듣고, 다음날에는 '샤샤샤'라고 해도 알아듣는다. 물론 그런다고 씻는 걸 좋아하게 되지는 않았다.

아빠의 황당한 말장난

이런저런 방법을 아무리 써 봐도 안 되는 날이 있다. 말놀이 하는 것도 한두 번이지, 아이한테 금방 '내성'이 생긴다. 효과가 사라지는 것이다. 막막하다. 아이디어가 고갈돼 집에서 멍하니 앉아 있을 때가 있다. 그럴 땐 나도 모르게, 말 같지도 않은 말이 입에서 흘러나오기도 한다.

> "오늘은 진짜 샤워하기 싫은가보네. 아이고. 아빠도 힘들다, 힘들어. 그럼 네 말대로 샤워는 안 해도 되니까, 욕조 들어가서 머리만 감고 손발만 닦고 나와."

아이가 몇 살 때던가. 난 자포자기한 심정으로 이렇게 말했다. 이게 대체 무슨 말인지. 샤워는 안 해도 되는데, 머리 감고 손발을 씻으라니. 머리를 감으면 거품이 당연히 몸으로 흘러내리고 샤워하는 것과 크게 다르지 않게 된다. 그냥 말놀이인 것이다. 그런데 아이는 어떻게 반응했을까? 욕조로 걸어 들어갔다. "아빠가 분명히 샤워 안 해도 된다고 했다~" 외치면서 욕조로 들어갔다.

난 이런 황당한 말장난이 아이 행동에 어떻게 영향을 미친 것인지, 지금도 그 이유를 모르겠다. 아이는 평소 하던 것처럼 물을 틀어놓고 머리를 감고, 몸에 흘러내린 거품을 씻었다. 아이는 샤워를 마쳤을 때랑 똑같은 모습으로 화장실에서 걸어 나왔다. '아이고, 그래도 어떻게 샤워는 시켰네.' 생각하면서 아이한테 물었다.

"잉? 뭐야. 아빠가 샤워는 안 해도 된다고 했잖아~"
"샤워 안 했어~"
"여기 배랑 등이랑 물 다 묻어 있는데?"
"아빠가 샤워하지 말라고 해서 비누는 안 묻혔어."
"아 그래~? 알았어, 알았어."

어린 꼬마가 이해한 샤워란 '몸통'까지 비누거품을 묻히는 행위였던 것이다. '샤워는 하지 말고, 머리 감고 손발만 씻자'는 얘기가 아빠의 양보처럼 들린 셈이다.

'해' 다음에는 '치카 해'

양치질을 도와줄 때도 그랬다. 아빠는 '치카치카'의 입 모양을 맞혀보라고 하기도 하고, '치치치'라고 말해 양치에 성공하기도 하고, '모든 것의 시작은' 구호를 활용하기도 했다.

그래도 안 되면 "아들, 올라프가 기다려! 화장실 얼른 가봐!"라고 외치기도 했다. 아이는 뭔 소리인가 하고 화장실로 들어간다. 칫솔에는 애니메이션 '겨울왕국'의 캐릭터 올라프가 그려져 있다.

아이는 양치할 시간에 거실에서 '일, 십, 백, 천, 만, 십만, 백만…' 외우다가 "아빠, 해 다음에 뭐야?" 물어본 날도 있었다. 난 "해 다음? 해 다음은, '치카 해'야"라고 알려준 날도 있었다. 아이는 '에이, 뭐야~' 하다가 양치하러 간다.

아이가 더 어렸던 5살 때는 둘이 자동차 놀이를 하다가, '동생 자동차'한데 양치질 잘하는 거 자랑하자고 하면

치아 건강을 해칠 수 있는 '골라 먹는 즐거움'

화장실로 가기도 했다. 이 방법도 두어 번 정도는 써먹을 수 있다.

양치도 아이가 유독 하기 싫어하는 날, 끝까지 거부하고 버티면 곤혹스럽다. 샤워 시킬 때처럼 나도 모르게 결국 말장난이 나온 적도 있다. 한참을 고민해도 도무지 아이가 움직이지 않을 때, '에라 모르겠다' 생각하고 한 말이 이랬다.

"아들, 알았어, 알았어. '치카치카'는 오늘 하지 말고, 이따 화장실 들어가서 치약 좀 짜서 이에 문지르기만 해. 알았지? '치카'는 안 해도 된다~"

그날도 아이는 희한하게 이 말을 듣고 결국 화장실에 들어갔다. 아이는 '치카치카'와 '치약 좀 짜서 이에 문지르는 것'이 다르다고 생각했을까? 아주 어렸을 때라 그렇게 생각했을 가능성도 있다. 이제 많이 커버린 아이한테 물어봤지만, 무슨 소리냐면서 기억나지 않는다고 했다.

다만 이런 말장난, 언어유희는 부모의 마지막 카드일 뿐, 처음부터 아이한테 하는 것은 좋지 않을 것 같다. 차라리 '치약에 칫솔 좀 짜서 양치하자'고 엉뚱하게 말해보자. 아이는 웃겨서 빵 터지고 곧 칫솔을 잡을지 모른다.

아빠의 말장난, 아이의 응용력?

아이는 9살 때 친한 친구와 같이 영어학원을 다녔다. 학원 수업이 끝나고 셔틀버스에서 내리면, 둘은 놀이터에서 한참을 놀고 집에 들어온다. 아이한테는 그게 학원을 오가는 낙일 수 있다.

하루는 아이가 뭔가 잘못한 일이 있어서, 내가 징계의 의미로 영어학원 끝난 뒤 곧바로 집에 들어오라고 한 적이 있다. 난 아이가 학원 셔틀버스에서 내리는 것을 집 베란다에서 지켜봤다. 아빠 말대로 곧장 집에 오는지 궁금했기 때문이다.

아이는 셔틀버스에서 내리면, 놀이터로 냅다 뛰어가던 평소 모습과 달리 친구와 한참 뭔가를 얘기하면서 걸어왔다. 둘은 열띤 토론을 하는 것 같았다. 아빠가 놀이터에서 놀지 말라고 했으니, 둘이 머리를 맞대고 '어떻게 하면 이 사태를 헤쳐 나갈 수 있을까' 작전 회의를 하는 것처럼 보였다. 곧 집에 들어온 아이는 친구와 세운 작전을 당당하게 말했다.

"아빠!" "응?"
"오늘 친구랑 놀지 말고 바로 들어오라고 했잖아~"
"맞아, 그랬지."
"그래서 내가 걔랑 놀지는 않을 건데, 대신 놀이터에 나가기만 할게!"

어린이 둘의 토론 결과였다. 난 웃음을 참을 수 없었다. 친구는 분명 놀이터에서 기다리고 있을 터였다. 둘이 놀이터에 망부석처럼 박혀 있을 것도 아닌데, 친구랑 놀지 않고 놀이터에 나가기만 한다니!

아이는 아빠가 허락해줄 거라고 기대한 듯, 목소리가 진지하고 자신 있었다. 나는 아이한테 징계의 취지를 설명해주고 놀이터에서 기다리는 친구는 집에 보내자고 말했다.

어쨌든 혹하는 논리였다. 어디서 이런 생각이 나왔을까? 양치는 하지 말고, 칫솔로 이만 문지르자는 아빠한테 은연중에 배운 건 아닐까? 나는 아이의 그 제안을 들은 뒤, 더 이상 막다른 골목이라도 말놀이는 자제해야겠다고 생각했다. 아빠가 아닌 다른 사람들한테 그렇게 말하고 다닐 것 같았다. 아빠가 혹시 이런 말놀이를 다시 시도하면, 아이가 그 실체를 낱낱이 지적해주면 좋겠다. 그럼 아빠는 말문이 막히고, 속으로 뿌듯해 할 것이다.

치과 마취 주사의 공포는 잊어라!

5살 아이를 자전거에 태우고 키즈치과에 갔다. 치과에서는 엑스레이 사진을 찍더니 2번, 3번, 4번, 5번 치아를 모두 신경치료 하자고 했다. 양쪽 아래 어금니도 신경치료하고, 크라운으로 이를 씌워야 한다는 것이다. 2번에서 5번까지 4개가 각각 15만 원씩 총 60만 원이고, 어금니 2개는 하나에 10만 원씩, 20만 원이라고 했다. 다른 치료까지 합쳐서 총 90만 원의 견적서를 받았다. 난 예상치 못한 금액에 놀랐다.

놀라운 견적서를 받은 다음 달. 난 아이를 데리고 동네에 있는 일반 치과를 다시 찾아갔다. 의사는 이를 쭉 살펴보더니, 어금니 하나의 썩은 부분을 긁어내고 건강보험이 적용되는 재료를 쓱쓱 발라 넣었다. 15분 만에 치료가 끝났다. 치료비는 5천 원 정도였다. 다른 이는 다음에 치료하자고 의사는 말했다.

같은 이를 두고 진단과 처방에서 이렇게 큰 차이가 난다는 점에 다시 한 번 놀랐다. 난 전문가가 아니므로 키즈 치과에서 과잉 치료를 하려고 했던 것인지 알 수 없었다. 일반 치과에서 소극적으로 진단하고 치료했을 가능성도 있다. 뭐가 정답인지는 모르겠다. 다만 아이 엄마와 상의해 앞으로 일반 치과에 다니면서 아이를 치료해주기로 했다. 아이를 어른 치과에 데려가기 위해 늘 묘안을 짜내야 하는 숙제가 아빠한테 안겨졌다.

마른 하늘에 날벼락, '마취 주사'

아이는 8살이 된 어느 날, 일반 치과에 정기 검진을 받으러 갔다가 갑자기 '날벼락'을 맞았다. 의사는 '아이의 영구치 하나가 밑에서 올라오고 있는데, 윗니가 그대로 있으면 영구치가 비뚤어지게 날 수 있다'고 했다. 유치 하나를 뽑아야 한다는 것이다. 아이 환자를 많이 본 치과의사라면

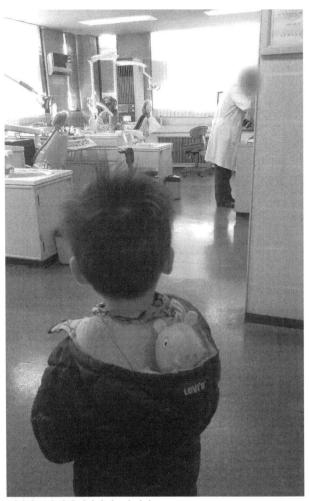

'페파피그'와 함께 치과에 간 5살 아이

이런 얘기는 아이가 못 듣게 보호자한테만 슬쩍 해줬을 텐데, 안타깝게도 그렇지 못했다.

이를 뽑아야 한다니! 옆에서 이 얘기를 다 들은 아이는 하늘이 노래졌다. 얼굴은 빨개지고, 닭똥 같은 눈물을 뚝뚝 흘렸다. 의사가 마취 주사를 준비하는 데도 시간이 좀 걸렸다. 아이가 공포를 자가발전 하는 시간만 길어졌다. 난 '괜찮고, 괜찮다'는 말밖에 할 수 없었다. 아이 손을 꼭 잡아주었다. 마취를 시작하자 조용해졌고 이도 순조롭게 뽑았지만, 그날의 마취 주사는 시작에 불과했다.

몇 달 뒤, 아이는 집에서 더 가까운 다른 일반 치과에 다니기 시작했다. 이전 치과보다 좀 더 적극적으로 치료하는 것 같았다. 의사는 어금니 8개 가운데 6개를 치료해야 한다고 했다. 병원에서는 엄두가 안 났는지, 내게 키즈 치과에 아이를 데려가는 게 어떠냐고 권유했다. 아이가 너무 많이 울면 치료가 힘들어지기 때문이다. 난 아이가 마취 주사를 맞아본 경험을 떠올리며 일단 치료해달라고 요청했다.

치료해야 하는 이 6개 가운데 5개가 문제였다. 마취 주사가 필요한 것이다. 의사는 2개, 2개, 1개. 이렇게 세 번에 걸쳐 치료하겠다고 했다. 마취 주사를 3번이나 맞아야 한다는 뜻이다. 치료해달라고 말은 해놨지만, 이미 마취 주사의 공포를 겪어본 아이를 치과에 어떻게 3번이나 데리고 갈 수 있을까? 나도 막막했다.

"'따꼼' 3번만 하면 된대"

아이를 속이지는 않았다. 마취하지 않는다고 속이거나 마취에 대한 말을 하지 않고 슬쩍 한번 데려갈 수는 있겠지만, 아이에게는 두 번의 치료가 남게 된다. 세 번의 치료가 순탄하게 끝날 것 같지 않았다.

아이한테 우선 마취 주사를 3번 맞아야 한다는 내용을 솔직하게 전했다. 표현은 "'따꼼' 세 번만 하면 된대"라고 했다. '마취', '주사'라는 말은 금기어로 정했다. 그런 표현은 어떤 아이도 좋아할 리 없다.

첫 치료를 받는 날까지 나는 '따꼼 세 번'을 여러 번 강조했다. 또 '따꼼'은 "3초면 끝!"이라고 틈날 때마다 설명했다. 그 3초를 안 하면, 무려 30분간 계속 아플 수 있다고 말했다. 실제로 마취 주사를 놓는 시간은 길지 않다. 아이가 한참 기분 좋을 때 스마트폰으로 "토요일에 치과 잘 가겠습니다~"라고 말하는 걸 찍어놓기도 했다. 아이가 처음 마취 주사를 맞은 건 날벼락 같았지만, 이번에는 알고 가는 것이기 때문에 아빠가 해볼 수 있는 것은 다 해봐야 했다.

"치과 가야 돼" 설득 금지!

드디어 운명의 토요일이 왔다. 하필 내가 출근하는 날이라서 치과에 직접 데려가는 건 아이 엄마의 도전 과제가 됐다. 난 아이 엄마한테 SNS로 '팁'을 보내 놓았다.

아들 치과 데려갈 때 팁

- 치과 데려가려고 열심히 설득하는 건 절대 금지!

- 안 간다고 버티면 간단한 원칙만 통보해 줄 것. '치과 안 가도 된다. 대신 과자 같은 간식을 일절 줄 수 없다.'

- 아주 단순한 논리만 설명해 줄 것. '마취는 3초. 아빠는 옛날에 마취 안 해서 엄청 아팠다고 한다.'

이 가운데 내가 가장 중요하게 생각한 것은 '설득 금지'의 원칙이다. 아이마다 성향이 다르고 설득이 잘 먹히는 말도 다르겠지만, 난 아이한테 '치과에 가야 한다'고 설득에 열을 올리는 것은 전혀 도움 될 것 같지 않았다. 마당 쓸라고 하면 쓸기 싫어지고, 공부하라고 하면 하기 싫어질 수 있는 것처럼, 치과 가야 한다고 하면 가기 싫어질 것 같았기 때문이다.

많은 아이들 심리가 그럴 것이다. 심지어 마취 주사를 맞는 날 아닌가. 만일 아이가 집을 나서는 것이나 치과 들어가는 것을 거부하는 고비가 찾아온다면, 아이가 알아들을 수 있는 아주 간단한 원칙만 통보해주면 충분하다. 잠시 후 아이 엄마한테 연락이 왔다. 다행히 집을 잘 나섰고 마취 주사를 맞은 뒤 치료를 받았다고 했다. 첫 고비는 잘 넘었다.

두 번째 '따꼼'은 시쳇말로 날로 먹었다. 난 치과 가는 날 아침, 아이한테 별다른 말 자체를 하지도 않았다. 아이는 아빠랑 집을 나서면서 "치료가 안 아프면 마취 안 하고, 아프면 마취를 하겠다"고 스스로 말했다. 의사가 할 소리를 8살 아이가 했다. 난 아이만 진료실에 들여보내고 소파에 앉아 TV를 보면서 기다렸다.

　'아들, 이제 다 컸네. 다 컸어.' 생각한 것도 며칠 못 가고, 세 번째 치료하는 날은 또 위기가 찾아왔다. 아이는 치과 문 앞에서 들어가지 않고 버텼다. 난 잠깐 기다려주다가, 아이한테 가끔 하던 대로 짐짓 쿨한 척 말했다.

　"오늘 치료 안 받아도 돼. 네가 알아서 선택해. 근데 오늘 말고 다음에 오면 더 들어가기 싫어질 걸? 여기까지 왔는데 그냥 하는 게 낫지 않니?"

　'진짜 다음에 치료 받는다고 하면 어쩌지?' 잠깐 걱정했지만, 아이는 스스로 문을 열고 들어갔다. 세 번의 마취 주사는 '따꼼'이라는 이름 짓기와 '설득 금지'의 원칙, 그리고 아빠의 쿨한 척 덕분에 무사히 넘어갔다. 하지만 끝날 때까지 끝난 게 아니었다.

'브롤스타즈'와 마법의 숫자 세기

　3번의 마취가 끝나고 넉 달이 지났다. 다시 정기 검진 날이 됐다. 밑에서 영구치가 올라오는데 안 흔들리는 유치가 또 있다고 했다. 세상에, 이를 또 뽑아야 한다는 것이었다. 유치는 왜 흔들리지 않아서 아이와 부모를 피곤하게 하는지.

의사는 오늘 뽑을 것인지, 다음에 다시 와서 뽑을 것인지 내게 물었다. 나는 조용하지만 긴박하게 "오늘이요, 오늘. 바로 해주세요." 답했다. 얘는 눈치도 빠르지. '눈치 100단'인 아이는 뭔가 심상치 않은 일이 벌어지고 있다는 걸 직감했다.

······

아이가 잘 때 이를 두면 '이빨 요정'이 가져가고 용돈을 남긴다고 한다.

"오늘, 나 이 뽑아야 돼?"

"어~ 잠깐 '따끔' 한 번만 하면 된대~"

아이는 다시 찾아온 마취 주사의 공포에 울기 시작했다. 주사를 맞은 경험이 그 무서움을 없애주는 건 아니다. 주사의 두려움은 익숙해지기 힘든 두려움이다. 마취 주사가 바로 준비돼 있는 것도 아니었다. 눈앞에는 금속 치료 기구가 펼쳐져 있었고, 그것들은 서로 부딪혀 달그락 거리면서 청각적인 두려움을 더했다.

주사를 맞기까지는 2~3분 정도 걸렸다. 아이한테 공포가 증폭되는 시간이다. 키즈치과가 아니었으니, 나는 그 시간 동안 아이의 정신을 홀려보려고 했다. 당시 아이가 푹 빠져 있었던 것은 '브롤스타즈'라는 게임 캐릭터였다.

"아들. 너 아빠가 브롤스타즈 엄청 많이 아는 거 몰랐지? 8비트, 틱, 콜트, 골드메카크로우, 나이트메카크로우. 아… 또 뭐 있더라? 걔 있잖아. 네가 제일 좋아하는 거, 누구지?"

'난 누구? 여기는 어디?' 수준으로 아이 정신을 가출시킬 수 있으면 좋겠지만, 쉬운 일이 아니다. 아이는 그래도 아빠가 줄줄 읊어대는 게임 캐릭터 이름을 쭉 듣고 있었다. 집에서 아이는 브롤스타즈에 큰 관심 없는 내게 캐릭터 이름을 문제 내고, 그걸 맞히는 놀이를 몇 번 했었다. 덕분에 알게 된 캐릭터 이름을 잘 써먹었다.

내가 기억하는 걸 다 얘기했는데, 아빠는 밑천이 떨어졌는데, 아직도 마취 주사는 준비 중이었다. 2~3분은 아이에게도, 아빠에게도 길게 느껴졌다. 잠시 후 마취 주사가 준비되자 아이는 의자에 눕는 걸 거부했다. 나는 아이를 설득하다가 평소에는 거의 쓰지 않던 마법의 '숫자 세기'를 할 수밖에 없었다.

"아들, 여기 선생님도 엄청 바쁘셔. 우리가 치료 잘 받아야 다음 사람도 치료하지. 아빠가 딱 열만 셀 거니까, 다시 누워 보자."

'숫자 세기'는 효과가 즉각 나타난다. 10이나 5, 혹은 3부터 거꾸로 세는 그 카운트다운이 아이에게 심리적인 압박을 주기 때문이다. 아이 엄마도 한때 출근길에 아이와 떨어지기 위해 '스물만 세고 엄마 이제 출근할게' 말하기도 했다.

하지만 '숫자 세기'를 하고 나면, 나는 뒤끝이 개운치 않았다. 아이가 스스로가 변하도록 도와주지 못했다는 자책감이 들었다. 그래도 치과에서 어쩌겠는가. 나도 벼랑 끝에 몰렸던 것이다. 아이는 내가 '열'을 세기 전 누워서 치료를 받기 시작했다.

마취 주사액이 들어갈 때, 나는 아이가 문방구에서 뭔가를 살 때 용돈을 보태주겠다고 말했다. 아이는 치료가 끝나자 학교 앞 문방구로 향했다. 버튼을 누르면 브롤스타즈 캐릭터 모양의 빛을 쏠 수 있는 시계 모양 장난감을 사겠단다.

난 공약대로 1천 원을 지원했다. 다음 날 아침, 그걸 꼭 보여줘야겠다는 아들 성화에 아빠는 캄캄한 화장실에 감금돼 여러 캐릭터를 강제 관람해야 했다. 브롤스타즈, 아빠에게는 애증의 캐릭터다.

말하지 않아도 알아요

9살의 한여름. 아이는 동네 치과를 졸업하고, 한 대학병원의 소아치과에 다니기 시작했다. 이가 전반적으로 좋지 않아서 아이 엄마가 고심 끝에 내린 결정이었다. 몇 달 전부터 예약한 것인데 아이는 아침부터 "안 가겠다"고 선을 그었다. 대학병원이라서 예약을 변경하기도 힘들었다. 아빠는 어떻게 말했을까?

난 아무 말을 하지 않았다. 그냥 아이 얼굴을 보고 씩 웃었다. 아이 엄마한테 강조한 것처럼 치과에 가자고 구구절절 설득하지 않아도 된다. 설득은 때로 실랑이를 낳는다. 치과 가기 싫다는 아이한테 치아 관리의 중요성에 대해 역설하는 것만큼 무의미한 것도 없다. 난 아이한테 웃어준 뒤 스마트폰을 보고 말했다.

"거기 병원 갔다가 말이야. 가까운 데 공룡 화석이 있거든? 아빠가 정확히는 모르는데, 아마 살아있는 곤충이 있을 수도 있어. 지금 예약하고 있거든? 잠깐만 기다려봐."

"응? 곤충? 나 갈래, 갈래. 근데 치과는 언제 가? 이는 안 뽑는 거지?"

"아빠가 의사는 아니니까 잘 모르지만, 뭐 이를 뽑을 리가 있니? 다 멀쩡한데…"

아이는 아빠한테 넘어가 소아치과에 갔다가, 졸지에 또 마취 주사를 맞았다. 난 또 맞을 줄은 정말 몰랐다. 알았으면 의사를 했겠지. 마취만 벌써 5번째였다. 예전에는 영구치가 올라오는데 유치가 그대로여서 문제라더니, 이번에는 영구치가 안 올라오는 어금니가 있어서 유치를 오래 쓸 수 있도록 크라운을 씌워야 한다고 했다.

소아치과는 이름값을 했다. 의사는 아이를 노련하게 다뤘다. '마취'라는 말? 의사는 일절 언급하지 않았다. 의료진은 눈빛만 교환하고 마취 주사를 준비했다. 주사기는 아이 눈에도, 아빠 눈에도 보이지 않았다. 의사는 주사기를 슥 꺼내더니, 언제 준비했는지도 모르게 아이한테 마취 주사를 놓고 있었다. '그래, 이거지, 이거야', 난 속으로 기립박수를 쳤다.

치과에서는 '눈치 100단'이 되는 아이가 '아… 아…'

소리만 내다 끝났다. 아이한테 무서운 것은 마취 주사의 실제 통증보다는 자신이 곧 주사를 맞을 것이라는 공포의 기다림이다. 아이를 다룰 줄 아는 의사는 그 불필요한 공포의 시간을 주지 않는다. 아빠가 아이를 홀려야 할 필요도 없다. 아이는 입안에 '은'이 생겼다면서, 부자가 되었다고 뿌듯해했다.

열정을 덜어낸 무심한 육아의 힘

육아에서는 열정이 앞서면 일을 그르칠 수 있다. 아이를 치과에 데려가려고 노력하면 일이 꼬일 수 있다. 흙에서 한바탕 놀고 온 아이는 손톱 밑이 시커멓다. 사람에 따라서는, 그 시커멓게 낀 흙을 얼른 빼주고 싶은 마음이 들수 있다.

아이가 7살, 가족이 함께 여행 갔을 때 그랬다. 아이 엄마는 차에서도 아이 손을 붙잡고, 식당에 가서도 아이한테 손을 달라고 재촉했다. 강아지도, 고양이도, 발 내밀기 싫어하는 녀석들이 있는 것처럼, 아이도 손 내밀기 싫을 수 있다. 그때부터 티격태격 실랑이가 시작된다. 그냥 무심하게 있다가 나중에 적당한 타이밍 봐서 손톱 깎아주고, 손을 씻으라고 하면 그만일 수 있다.

아이가 콧물이 심해서 불편해 하면 어떻게 할까. 코를 계속 크게 훌쩍거리면, 그 소리가 듣기 싫을 수 있다. 콧물만 나오면 코를 풀라고 조언하겠지만, 코가 꽉 막혀 있으면 그것도 별로 도움이 안 된다. 좋은 방법 가운데 하나는 콧속에 식염수를 칙! 칙! 뿌려주는 것이다. 식염수를 뿌리고 나면 아이의 코는 종종 시원하게 뚫렸다. 약국에 가면 어린이용 식염수 스프레이를 살 수 있다.

문제는 첫 경험이다. 콧구멍 속에 식염수를 뿌려본 적 없는 아이한테 그걸 대체 어떻게 해준다는 말인가? 아이는 싫다고 도망만 다니는 상황에서 말이다. 난 고민을 거듭하다, 어느 날 아침 아이 콧속에 식염수를 무려 세 번이나 뿌려주는데 성공했다. 내가 아이 엄마한테 SNS로 보낸 장문의 '성공 후기'는 이랬다.

내가 아빠랑 뿌려본 적은 없지 않느냐. 아마 엄마랑 해본 다음에 이걸 무섭다고 잘못 알고 있는 거 아니냐. 이거 하나도 무섭거나 아픈 거 아니다. 그러면서 내가 양쪽 코에 칙! 칙! 시연을 무심히 보여주고 사라졌지.

주방에서 찰밥 데우고 있는데 자기가 '아빠 식염수 해볼래~' 그러더라고. 그래서 코 밑에 수건 대주고 왼쪽에 칙! 뿌려줬지. 그러고 무심히 딴일 하는데 이번엔 자기가 오른쪽에도 뿌려 달래. 별 거 아닌 걸 이제 깨달은 거지. 그래서 오른쪽에도 뿌려줬는데, 좀 지나고 나니까 왼쪽에 또 뿌려 달래;; 그래서 왼쪽 콧구멍에 총 두 번을 뿌려준 거지. 좀 있으니까 노란 코가 수건에 묻어서 나오더라고. 어쨌든 숨 쉬는데 불편해하진 않더라고. 평소처럼 이야기 꽃할망 책 3권 보고, 복숭아 먹고, 찰밥 먹고, 유치원 잘 갔어~

성공 비결은 아빠가 '무심히 사라진 것'이다. 마음속으로는 '아, 이걸 쟤 콧속에 한번 뿌려주면 좋겠는데' 생각하면서도 겉으로 열중하지 않은 것이다. 난 아이가 정말 숨 쉬기 불편하면 아빠한테 찾아올 거라고 믿었다.

물론 식염수 따위야 아무렇지 않다는 듯 어른스럽게 뿌리는 아이도 있겠지만, 그렇지 않다면 부모가 어떻게 해야 목적을 달성할 수 있는지 아이 특성에 맞게 연구해봐야 한다.

부모가 식염수 들고, 싫다는 애를 쫓아다니는 것은 그다지 좋은 방법은 아닌 것 같다. '이렇게 좋은 걸 왜 안 해?' 부모는 코 막고 도망 다니는 아이가 답답하겠지만, 아이는 직접 해보기 전에는 식염수가 도움이 된다는 것에 공감하지 못한다.

아빠가 식염수를 뿌려주는 데 성공한 것은 아이가 6살 때였다. 효과가 괜찮다는 걸 아이도 알게 됐다. 그 뒤로 아이는 코가 막혀 불편할 때마다 식염수를 뿌려달라며 제 발로 찾아온다. 지금은 성인용 코세척 용품을 쓴다.

치과에 갈 때처럼 독감 예방주사를 맞힐 때도 그랬다. '내일 독감주사 맞을 거야' 얘기하고 끝. 주사 맞기 전날, 이건 '네 운명'이라는 식으로 예고만 해주면 됐다. 굳이 좀 더 설명해야 한다면 '독감주사는 2초면 끝! 그리고 주사 안 맞아서 나중에 독감 걸리면 주사를 더 맞아야 된대' 정도였다. 아이는 풀이 죽어 "알겠어. 맞을게." 대답했다.

침묵도 무언의 메시지

2020년의 어느 날, 난 아이를 데리고 제주도 곶자왈도

부슬비에도 아빠와 묵묵하게 공원을 산책한 아이

립공원에 갔다. 주차장에 도착했는데 아이는 차에서 내리기를 거부했다. 공원에 갈 거라고 미리 예고를 했는데도 그랬다. 밖에 비가 부슬부슬 내리고 있어서 우산 쓰고 들어가기는 싫다는 것이었다. 비가 많이 내리지 않아서 '그럼 비옷 입고 갈까?' 물어봤지만 그것도 싫다고 했다. 자기는 숲에 들어가기 싫으니, 아빠 혼자 갔다 오라는 게 아이의 단호한 입장이었다.

30분 넘게 운전해서 갔는데 차를 돌릴 수도 없는 노릇이고, 설득해야 한다. 말로 설득해야 할까? 말이 길어지면 좋을 게 없을 것 같았다.

"아들, 너무한 거 아니야? 어떻게 네가 좋아하는 동물만 보러 다니니."

난 이렇게 한마디만 하고 입을 닫았다. 운전석에서 한참을 그냥 앉아 있기만 했다. 10분을 넘게 그냥 앉아 있었나, 아이가 갑자기 말했다.

"나, 그냥 공원 갈래."

"응? 왜 갑자기 바꿨어?"

"어차피… 결국 하게 될 거잖아, 다 알아."

때로는 침묵이 아이의 행동에 영향을 미칠 수 있다. 아빠가 장문의 언어로 아이를 설득하려고 했다면, 마냥 듣기 싫어했을 것이다. 여러 차례의 경험을 통해 아빠의 침묵은 무언의 메시지라는 것을 아이는 알고 있었다.

공원 초입에 있는 해충 기피제를 아이한테 뿌려준 뒤, 둘은 안개 자욱한 곶자왈공원을 걸었다. 밀림 같은 숲속의 정갈한 산책로가 마음에 들었다. 숲 냄새가 코를 자극했다. 비가 와서 공원 어딘가에 숨어 있었던 걸까. 동물을 관찰하지 못해 아쉬웠다. 하지만 아이도 기분이 좋아져 장난감 여의봉을 휘두르며 즐거워했으니, 그걸로 만족했다.

3부

———

아이

새 바지 입을까? 아이 위한 패션쇼

　아이가 활동적이면 옷이 오래 못 간다. 바지가 특히 그렇다. '활동적'이라는 표현이 부족할 정도로 에너지가 넘치기 때문이다. 아이들 근육은 피로를 회복하는 속도가 국가대표급 정도로 빠른 것 같다. 그 회복 속도를 따라갈 수 없는 부모는 놀이터 밖에서 아이가 노는 것을 지켜볼 수밖에 없다.

　바지가 왜 금방 해지는지, 아이가 노는 걸 10분만 보면 알 수 있을 것이다. 무릎 부분에 금방 구멍이 난다. 수선을 맡기거나 집에서 천을 덧대는 것도 한두 번이지, 새 바지를 사야 할 때가 많다.

　아빠가 사오는 새 바지를 무덤덤하게 입고 나가면 좋

으련만, 그게 잘 안 된다. 이런 고민을 하는 부모가 분명 또 있을 것이다. 새 바지 한번 입어보고 "불편해~ 안 입을래!" 하면, 아빠는 깊은 한숨이 나온다. 빨래를 제때 못해서 여벌 바지도 없는데 등교 시간에 이러면 부모는 예민해진다.

여름에 편하고 시원한 반바지를 입다가, 찬바람이 불 때 긴바지를 꺼내도 비슷한 고비가 찾아온다. 아이는 다리에 느껴지는 어색한 느낌을 불편하다고 표현하는 것이다. 이건 아빠가 '아니야, 그거 편한 거야'라고 얘기할 만한 사안이 못 된다. 아이의 느낌인데, 아이가 그렇다는데, 그걸 어떻게 아니라고 하겠는가? 아빠는 속으로 '이걸 또 어떻게 입혀볼까' 궁리할 뿐이다.

새 바지를 입히는 길은 간단치 않다. 아이를 데리고 옷가게에 가서 직접 입혀보고 사도 되지만 아이는 여러 옷을 번갈아가며 입어보는 것 자체를 좋아하지 않았다. 또 '이건 불편해'라고 말하면 부모가 다른 옷을 권할 게 뻔하기 때문에, 건성으로 좋다고 할 때도 있는 것 같았다. 집에 와서 다시 입어보면 표현이 '불편하다'로 바뀔까봐 살 수가 없다. 이러면 난감해진다.

난 결국 새 바지를 사기 위한 패션쇼를 기획하기도 했다. 아이가 좋아할 만한 스타일의 바지를 몇 벌 구입한 뒤, 집에서 아이한테 '합격 or 불합격' 판정을 내리도록 한 것이다. 패션쇼처럼 아이는 한 벌 한 벌 차례로 입어본다. 아이가 일단 '합격' 판정하면 나중에 불편하다고 말이 바뀌어도 웬만하면 입힌다. 한번 입으면 아이는 그 느낌에 서서히 익숙해진다.

아빠는 '불합격' 바지를 반납하고 그 돈으로 똑같은 '합격' 바지를 더 산다. 이제 여러 벌의 '합격' 바지로 돌려막기를 하면 되는 것이다. 싫다는 옷 억지로 입으라고 하는 게 내키지 않아서, 아빠가 품을 들이는 셈이다.

7살 아이의 '청개구리' 심리

아이는 자기 입으로 '합격!' 해놓고도 새 바지 입기를 거부할 때가 있다. 마음이 바뀌었다는데 어쩌겠는가. 아이들의 변덕은 특별한 일이 아니다. 나무랄 일도 아니다.

아빠는 이럴 때 작은 '도박'을 할 수도 있다. 아이의 '청개구리' 심리를 자극해보는 것이다. 아이가 7살 때였다.

과연 어떤 바지가 '합격' 판정을 받을 수 있을까?

• • • • • •

난 새로 산 바지 세 벌 가운데 두 벌을 아이한테 새로 입히는데 성공한 상태였다. 이제 남은 한 벌만 입히면 된다. 유치원 가는 시간에 맞춰 거실에 그 한 벌을 펼쳐놓았다. 불길한 예감대로, 아이는 새 바지 입기를 거부했다.

"뭐야, 이 바지 안 입을래~"

"응? 이거 '합격'한 바지야~"

"그래도 싫어, 싫단 말이야~"

"그래? 이거 어제 입은 거랑 색깔만 다른 바지야~"

"응, 싫어~"

"너, 이거 입고 나서 '그냥 갈래' 이러면 엉덩이 맴매다!"

아이는 아빠의 마지막 말을 듣고 마음이 흔들린다. 새 바지 입기 싫다가도, 일단 입고 "그냥 갈래" 말하고 싶어지는 욕구가 샘솟는 것이다. 아빠가 '엉덩이 맴매'를 하러 자기를 쫓아오는 상황을 만들어놓고 놀고 싶어진다. 나는 이게 아들의 심리라고 믿는다. 아이는 예상대로 바지를 입더니 씩 웃으면서 말했다.

"나, 그냥 갈래"

이 말은 아빠한테 이제 쫓아오라는 얘기다. 아이는 이제 '엉덩이 맴매'를 피해 뛰어다닐 마음의 준비가 됐고, 나는 '이 녀석~' 하면서 돌진하는 척하면 된다. 아이의 새 바지에 붙은 태그를 그때 떼어줬다. 그거 먼저 뗐다가 나중에 아이 마음이 돌변하면 교환 및 환불을 못하기 때문이다. 아이는 아빠의 맴매를 피하기 위해 집을 뛰쳐나가면서 유치원 등원길이 시작되었다.

아이의 정신이 다른 데 팔려 있을 때도 새 바지를 입히기에 좋은 타이밍이다. 감촉이 낯선 새 양말을 신기기에도 딱 좋다. 집에서 내내 심심하다가 놀이터에서 친구랑 놀기로 약속했을 때, 아이의 영혼은 벌써 놀이터에 가 있다. 친구 집에 초대를 받았을 때도 그렇다.

평소 안 입던 새 바지나 양말을 그때 슬쩍 꺼내보자. 아이는 불편하고 뭐고, 신경 쓸 겨를도 없이 후다닥 입고 긴급 출동할지 모른다. 집에는 친척한테 물려받은 아이 바지가 아직도 수두룩하다. 아빠가 갈 길은 아직도 멀다.

"말매미 잡았어!" 무전기로 버티기

아이가 키즈폰을 사달라고 조르기 시작한 것은 8살, 초등학교 1학년 때다. 주변 친구들이 하나둘 키즈폰을 갖고 다니자 자극받은 모양이었다. 아이가 학원 몇 군데를 혼자 이동하거나, 집에 부모님 없이 혼자 있을 때는 물론 키즈폰이 필요할 수 있다. 아이가 먼저 사달라고 하지 않아도 부모가 불안해서 아이한테 키즈폰을 마련해 줄 수 있다. 아이는 며칠을 졸랐다.

하루는 내가 "키즈폰 말이야. 너 어디서 사는지 모르잖아?"라고 말한 적이 있었다. 아이는 '사달라', 부모는 '넌 아직 필요없다', 실랑이를 벌이다 내가 그렇게 말했던 것 같다. 별 생각 없이 던진 말인데, 나중에 도움이 될 줄은 몰랐다. 아이는 며칠 뒤 영어학원에 다녀와서 한숨을 푹 내쉬면서 이렇게 말했다.

"아빠, 내가 어제 영어학원에서, 친구한테 키즈폰 어디서 샀는지 물어봤거든? 아빠는 알아?"

난 '집 앞'이라고 하면 왠지 또 사달라고 할 것 같아서 일부러 아무 말을 하지 않았다. 아이는 또 땅이 꺼지도록 한숨을 쉬면서 말을 이어갔다.

"미국이래. 미국."
"어? 미… 국… 이라고?"
"응! 친구가 원래 키즈폰은 '영어말'로 나오는 건데 그거를 바꿔서 쓰는 거래."
"아~ 미국에서 사는 거구나."

아이는 '미국에서 사왔다'는 말을 철석같이 믿는 눈치였다. 키즈폰을 사주기 싫어하는 부모 말이 아닌 친구의 말이었기 때문이다. 친구가 키즈폰 단말기를 정말 미국에서 사고, 가입은 국내 통신사 대리점에서 했을 수도 있다. 어쨌든 미국은 아이한테 심리적으로 닿을 수 없는 곳이었다. 아이의 한숨은 '아, 나는 갈 수 없는 곳이구나, 키즈폰은 안 되겠구나'라는 자각에서 나온 것 같았다.

난 집 앞 휴대전화 대리점의 진실은 굳이 알려주지 않았다. 대신 집에 굴러다니던 작은 지구본을 얼른 보여줬다. 미국이라는 나라는 어디에 있고 태평양의 광활함에 대해서도 알려주었다.

초등학교 1학년 때는 그렇게 작은 고비를 넘겼다. 아이는 이후 몇 달간 키즈폰을 사달라고 말하지 않았다. 이름 모를 영어학원 친구 덕분에 아빠가 몇 달간 편했다.

"소원을 영어로 빌었어야 하는데…"

아이는 미술학원에 몇 번 가본 적 있다. 흥미를 느끼지 못했는지, 몇 차례 다니다가 싫다고 해서 그만뒀다. 미술학원에서 하루는 아이들한테 '산타할아버지께 카드 쓰기'를 시켰다. 또 한번의 고비는 그렇게 부모도 모르게 찾아오고 있었다. 수업 끝나는 시간에 맞춰 아이를 데리러 갔

키즈폰 사달라는 소원을 한국어로 빌고 후회한 아이

‧ ‧ ‧ ‧ ‧ ‧

더니 선생님은 "애들이 산타할아버지를 철석같이 믿고 있다"면서 내게 카드를 잘 읽어보라고 했다.

아이가 쓴 편지는 단순했다. 스토리 없이 그저 '선물을 사달라'는 것이었는데, 그게 키즈폰이었다. 잊은 줄 알았더니, 키즈폰의 로망은 아이한테 현재 진행형이었던 것이다. 아이 엄마는 편지 내용을 읽어 보고 동공 지진을 일으켰다.

어느 사원에 가족여행을 갔을 때도 키즈폰에 대한 갈망은 이어졌다. 소원을 빌어보라고 했더니 "저에게 키즈폰과 브롤스타즈 카드 백 장을 주세요" 빌었다고 했다. 아이는 소원을 영어로 빌었어야 하는데, 한국어로 해서 못 알아들었을 것 같다고 걱정했다.

키즈폰을 사달라는 요구는 한참 더 이어졌다. '이건 아직 너한테 필요 없어'라는 논리는 재미도 없고 설득력도 없어서 난 무대응 전략을 써오고 있었다. 그런데 하루는 아이 엄마가 갑자기 묘한 말을 했다.

"키즈폰 말이야. 엄마가 너 20살 때 사줄게. 약속!"
"어, 진짜? 아싸! 진짜 사주는 거다!"
"어, 사줄게. 20살 때 꼭 사줄게."

난 옆에서 듣다가 '어? 괜찮은 논리인데?' 생각했다. 그날은 내가 한 수 배웠다. 사실상 안 사준다는 얘기를 이렇게 '사준다'고 말하는 것도 기술이다.

이 말을 듣고 좋아한 걸 보니 아이는 그때 짧은 '시간'의 개념에는 익숙하지만, 긴 '세월'의 개념에는 아직 익숙하지 않았던 것 같다. 물론 이런 말재주는 임시 처방일 뿐, 키즈폰 실랑이에 매듭을 지을 만한 게 필요하다.

키즈폰의 대체재 '무전기'

아이가 다시 키즈폰을 사달라고 할 때 아빠는 더 이상 '미국'과 '20살' 얘기는 꺼내지 않았다. 아이에게 솔직하지 않은 느낌이 들어서 그랬던 것 같다. 한때 아이 엄마는 '책 1,000권 읽으면 키즈폰' 공약을 걸기도 했지만, 나는 반대했다. 1,000권의 목표가 막막하기도 했고, 아이가 1,001권부터는 안 읽어도 된다고 생각할 것 같았다.

아빠는 키즈폰에 대한 욕구를 충족시켜 줄 수 있는 뭔가가 없을까 궁리했다. 그게 바로 '무전기'였다. 몇 년 전, 회사 선배 한 명이 아이와 무전기 놀이를 즐긴다는 얘기를 듣고 구입을 저울질 해오고 있었다.

난 어린이날에 맞춰 아이한테 무전기를 선물했다. 아이는 뛸 듯이 좋아했다. 난 무전기를 사주면서 그것이 키즈폰과 비교해 얼마나 위대한지 브리핑 했다.

"아들, 이 무전기가 말이야. 대박인 게 뭔 줄 알아?"

"뭔데?"

"일단 한번 살 때 우리가 돈을 냈잖아? 그럼 그게 끝! 더

무전기를 목에 걸고 지리산 정상 노고단으로 달린다.

· · · · · ·

안 내. 근데 키즈폰은 키즈폰 사느라 돈 내지? 또 통화를 하려면 매달 돈을 내야 돼. 그리고 키즈폰은 전화 걸려면 번호를 눌러야 되잖아. 아니면 이름 찾느라고 뭘 자꾸 눌러야 되잖아? 근데 무전기는 옆에 버튼만 딱! 누르면 아빠랑 바로 통화할 수 있어. 죽이지?"

아이는 홍보에 혹하는 눈치였다. 무전기는 어른 손바닥보다 더 작은 것이 성능은 쓸 만했다. 아이가 자전거를 타고 집 주변을 다닐 때는 잡음이 섞이고 끊기기도 하지만, 웬만하면 목소리가 들려왔다. 아이는 말매미를 두 마리나 잡았다고 무전기에 소리 질렀고, 길고양이 집에 갔다 오겠다든지, 친구 집에 가도 되는지, 우리 집에 친구를 초대해도 되는지, 집에 있는 내게 물어왔다.

지리산에 갔을 때도 아이는 날다람쥐처럼 뛰어 가파른 계단을 올라가 내 시야에서 사라진 뒤 무전기로 아빠를 재촉했다. 대체 얼마나 멀리서도 들리는지 성능 테스트를 하는 과정도 아이에게는 너무나 재미있는 놀이였다. 키즈폰이 없는 아이들끼리 어디선가 놀 때 아이의 소재 파악이 되지 않으면 친구 엄마들이 나한테 물어오기도 했다. 무전기는 아이와 나의 필수품이 된 셈이다. 나는 무전기 제조 및 판매 업체와 어떠한 이해관계도 없다.

무전기의 약발로 키즈폰 사달라는 얘기는 또 몇 달째 잠잠해졌다. 물론 아이가 완전히 단념했을 리는 없다. 장애물 탓에 말이 자꾸 끊기거나 대화가 힘들 때마다 아이는 무전기에 대고 무전기의 단점을 지적한다. "아빠, 이래서 내가 키즈폰을 사달라고 하는 거지~" 강조하는 것이다. "아들, 우리 집 쪽으로 조금만 오면 또 잘 들리잖아~" 아빠는 이렇게 근근이 버티고 있다.

또래 친구와 직접 통화하고, 약속 잡는 맛도 있고, 중학생 되면 선생님이 SNS로 단톡방 만든다고 하고, 나중에 어차피 사줄 거 그냥 사주자고 생각할 수 있다. 하지만 엄마 휴대전화로 아이가 친구와 영상통화 하는 걸 보고 있으면 주저하게 된다.

아이들은 스마트폰으로 친구 얼굴에 실시간으로 이미지를 얹으면서 재미있게 놀기만 하는 것이다. 핵심 용건은 '내일 보자' 한마디인데, 둘이 영상통화 하면서 한참 딴소리만 늘어놓기 일쑤다. 이런 식이다.

"와, 너 이거 어떻게 한 거야? 얼굴에 마스크 (이미지) 어떻게 씌운 거야?"

"화면 색깔 어떻게 바꾼 거야? 어? 어떻게 바꾼 거야~"

"야~ 넌 내가 얼마나 좋은데?"

"넌… 한 50만큼 좋아."

"야, 이제 우리 아빠가 끊으래. 야, 끊는다!"

남자아이들 대화는 주로 이랬다. "내일 만나자는 말만하고 끊어!" 저쪽 건너편에서 친구 부모가 소리 지르는 게들린다. 이쪽 아빠인 나도 이하 동문이다. 무전기 약발이

완전히 떨어지면 '또 무슨 수로 키즈폰 안 사주고 버티나'
고민해야 할 것이다. 그날이 서서히 다가오고 있는 것 같
다.

100번 말해도 안 들어주는 아빠

아이가 4살이던 어느 날. 아이를 어린이집에 보내주다 난 뒷목을 여러 번 잡았다. 시작은 거실에서 아이가 갖고 놀던 초록색 풍선이 터진 것이다. 한참을 울었다. 겨우 달래 차에 태웠더니 많이 울어서 그런지 '목이 마르다'고 했다. 어린이집 가서 물 마시자고 했지만 먹히지 않았다. 난 다시 집에 가서 물통을 들고 나왔다.

아빠는 아이 기분 좀 좋아지라고 작은 약과 두 개를 같이 가져왔는데, 내가 운전할 때 아이는 한 개를 먹어놓고 다시 두 개를 먹겠다고 실랑이를 벌였다. 어린이집 주차장에 도착해서는 젓가락이 없다고 발차기를 하며 울었다. 주차장에 들어오는 차종을 한 대씩 가르쳐주면서 아이 기분은 겨우 나아졌다. 그렇게 진을 다 빼고 어린이집에 업고 들어가면서 아이한테 물었다.

"아들, 다음부터는 이렇게 안 울 거지?"

"……"

"아들? 대답해야지?"

"지금 떡 먹고 있어서 대답을 못해"

아, 부모들 뒷목 잡는 심정을 100번 이해할 것 같았다. 지금 떡 먹고 있는데, '대답을 못 한다'는 대답은 어떻게 하니, 어이가 없네, 속으로 말한다. 아이가 이렇게 생떼, 속된 말로 '땡깡'을 부리면 부모는 '뚜껑'이 열린다. 엄마들은 속이 터진다.

결국 "너도 나중에 커서 너 같은 아들 낳아봐!" 소리친다. 땡깡의 무서운 점은 아무런 징후 없이, 예고 없이 찾아온다는 점이다. 해결법도 마땅치 않다. 아이 요구를 무조건 들어주는 것도, 무조건 거절하는 것도 답이 아닌 것 같다.

물론 '이래도 좋고, 저래도 좋고' 천성이 무던한 아이들도 있다. 반면 자기 주관이 뚜렷한 아이도 있다. 아이답게 부모한테 가끔씩 떼도 부린다. 자기 뜻대로 되지 않으면, 때와 장소를 가리지 않고 일단 드러눕는 아이도 종종 봤다. 부모는 이런 생떼에 대처하는 자기 나름의 노하우가 있을 것이다. 아이의 예측 불가능한 자기주장은 이런 식으로 표출된다.

3살 때. 아빠가 감자 위에 치즈를 올려 오븐에 구워서 주자, 아이는 치즈만 따로 달라고 주장했다. 치즈는 완전히 녹아 감자에 들러붙어 있었다. 감자 위에 치즈 올리는 것도 일인데, 이제 치즈를 걷어내는 추가 노동을 해야 한다니. 아이 취향을 물어보지 않은 아빠 종업원은 손발이 고생할 수밖에 없다.

4살 때. 아이와 인천 어린이과학관을 구경한 뒤 저녁을 먹으러 대형마트 식당에 갔다. 아이는 식당 구석에 있는 사탕 자판기를 발견하고 사달라고 주장했다. 거절했더니 떼를 썼다. 알아들을 수 없는 외계어 같았다. 잘 해석해보니 '스파게티가 뜨겁다'는 말이었는데, 스파게티는 이

식당과 사탕 자판기 사이에 칸막이를 치고 싶은 것이 부모 마음

· · · · · ·

미 다 식은 상태였다.

5살 때. 닭갈비 식당이었다. 아이는 고기 뒤집는 집게를 손에 쥐고 있는 걸 좋아했다. 숯불이 위험했지만 그저 집게를 쥐고 있는 것만으로도 만족했다. 닭갈비가 금방 탈 것 같아서, 주인 할머니가 아이 집게를 잠깐 가져가 고기를 뒤집었다. 그러자 아이는 '자기 것을 가져갔다'면서 울기 시작했다. 곧 새 집게가 생겼지만, '눈물 줄줄, 콧물 줄줄' 그치지 않았다.

6살 때. 백화점에서 만나 같이 놀던 친구와 헤어진 뒤 일이 벌어졌다. 친구가 먹던 과자를 아이가 마저 다 먹었는데, '더 달라'는 주장이었다. 하필 조용한 백화점 엘리베이터 안에서 아이의 넘치는 감정 표현은 시작되었다.

아이라면 충분히 이럴 수 있다. 겉으로 드러난 '치즈, 사탕, 집게, 과자'가 문제가 아니라 사실 배가 고파서, 혹은 졸려서 투정 부렸을 수 있다. 어린 아이라면 더 그럴 것 같다. 다른 부모님들은 어떻게 대처해왔는지 궁금하다.

난 아이가 아주 어렸을 때부터 핵심 원칙을 지속적으로 알려주는 방식을 택했다. 아이가 내게 뭔가 요구하고 '이걸 들어줘야 할까?' 고민이 될 때면, 난 무조건 이렇게 말했다.

"아빠는 해줄 거면 엄청 빨리 해주고, 안 해줄 거면 100번 말해도 안 해줘."

이 얘기를 100번 넘게 했을 것이다. 원칙을 실천하려면 아빠의 순발력이 필요하다. 아이가 뭔가 요구할 때 '들어줄 것인가, 말 것인가' 재빠르게 판단해야 한다. 좀 고민이 되면 아이한테 잠깐 기다려달라고 말하기도 한다. 그럼 아이가 마음을 졸이며 아빠의 결정을 기다린다.

결정에 필요한 시간은 1분 정도면 충분하다. 결정을 한번 했으면 잘 바꾸지 않는다. 아이 요구를 들어준 직후에는 '거 봐, 아빠가 해주니까 엄청 빨리 해주지?' 생색도 꼭 낸다. 그래야 아이 머릿속에 '아빠는 해줄 거면 빨리 해주고, 안 해줄 거면 100번 말해도 안 해주는 사람'이라는 이미지가 각인된다.

이미지 각인의 효과는 어땠을까. 난 스파게티를 앞에 두고 사탕을 사달라고 주장하는 4살 아들을 어린이 의자에서 끄집어내 식당 밖으로 데리고 나갔다. 아이는 저항했지만 곧 진정했고, 다시 식당에 들어가 스파게티를 싹싹 다 긁어먹었다.

사탕은? 사주지 않았다. 아이는 "나중에 내가 크면 밥 다 먹고, 사탕 꼭 사줘~"라고 아빠 마음 짠하게 말했다. 그 얘기 듣고 마음이 흔들려서 하마터면 하나 사줄 뻔했는데, 꾹 참았다. '한번 안 사준다고 하면, 끝까지 안 사주는 사람'이라는 이미지가 필요했다.

아이는 이런 경험을 여러 차례 반복했다. 아이가 6살이 되면서부터는 생떼라고 부를 만한 자기주장이 확연히 줄었다. 가끔 엄마한테 뭔가를 끈질기게 요구하기 시작하면, 엄마는 정 안 될 때 아빠를 찾아오게 됐다.

직접 아빠를 찾아오지 않아도 저 멀리서 '아빠~'하고 부르면, 그것만으로도 아이한테 영향을 미쳤다. 아이는 '아, 쉽지 않겠구나' 느끼는 것이다. 아빠는 아이와의 실랑이를 끝낼 수 있는 궁극의 필살기로 받아들여지는 것 같다.

아이가 만드는 부모 말의 '권위'

6살 아이와 기차 타고 충남 아산에 놀러 갔을 때다. 식당에서 밥을 먹이고 숙소에 둘이 걸어가는데 아이가 '뽑기방'을 발견했다. 아이는 길거리에서 인형 뽑기 기계를 보고 그거 시켜달라고 몇 번 요구한 적이 있었다. 인형 뽑기 달인도 있다지만, 난 왜 많은 사람들이 돈을 잃게 되는지 알기 쉽게 알려주기도 했다.

하지만 말로만 '안 된다'고 하는 건 오래 못 갈 것 같아서, 그날은 고민하지 않고 바로 "알겠다"고 허락했다. "아싸!" 아이는 뛰면서 좋아했다. 대신 아이한테 '네 돈'으로 해보라고 했다. 아이는 용돈 2천 원이 있었다.

"거 봐. 아빠가 오늘은 괜찮으니까 바로 하라고 하잖아. 그렇지? 대신 인형 못 뽑았다고 울기 없기. 알겠지?"

아이는 기계에 1천 원을 넣고 예상대로 허탕을 쳤다. 6살 아이가 기계를 정교하게 조작할 수 없는 것이다. 정교하게 해도 번번이 실패하는 것이 인형 뽑기다.

돈을 잃고 뽑기방을 나서는데 아이는 갑자기 '아빠 책임론'을 꺼냈다. 내가 기계에 손을 대서 인형을 못 뽑았다는 것이다. 시간은 가는데 스틱 조작을 안 하고 있어서, 내가 살짝 만져준 것이 불만이었던 모양이다. 그래서 2차 시도를 허용했다. 아이는 한 번 더 해보면 다를 거라고 기대한 것 같았다.

기계는 역시 돈만 먹고 인형은 내놓지 않았다. 맛있는 간식을 사 먹을 수 있는 2천 원을 잃었다. 아이 표정에서 후회하는 기색이 느껴졌다. 그래도 죽으라는 법은 없는지,

아이는 숙소 가는 길에 교회 누나들이 준 초코파이를 받아 먹었다. 난 왜 인형이 잘 안 뽑히는지 아이한테 실체를 다시 알려줬다. 그때부터 아이는 인형 뽑기를 볼 때마다 사람들 다 들리게 이렇게 말하고 다녔다.

"아빠! 이거, 돈 날리는 거~"
"와, 저거 인형 안 뽑히는데~ 아빠, 저거 또 돈 날릴 걸?"

돈 넣는 사람 앞에서 꼬마가 공개적인 저주를 내리니, 얼굴이 화끈거렸다. 난 애 아빠가 아닌 척 슬금슬금 자리를 피한 적도 있다. 그런 건 아빠한테만 귓속말로 얘기하라고 다시 가르쳐줘야 했다. 7살이 된 아이가 자기 전 "동물 다큐멘터리를 더 보고 싶다"고 했을 때도 아빠는 이렇게 말했다.

"이제 자야지. 시간 너무 늦어서 안 돼. 아빠가 보여줄 거면 지금 바로 보여줬겠지? 아빠는 100번 말해도…"

아이는 내 말이 채 끝나기도 전에 '힝' 하고 단념했다.

내가 '100번을 말해도…'에 이어서 무슨 말을 하려는지, 아이는 다 아는 것이다. 아빠가 결정을 잘 뒤집지 않는다는 것도 잘 아는 것이다.

아이는 기특하게도 "내가 혼자 동물 얘기 지어낼 거야!"라고 스스로 마음을 달래는 방법을 찾아냈다. 침대에 누운 아이한테 아빠도 같이 동물 얘기 만들자고 했더니 무척 좋아했다. 둘이 '동물 소설'을 쓰다가 그렇게 잠이 들었다.

아빠는 마치 녹음을 해놓은 것처럼 지금도 똑같이 얘기한다. 되는 것은 바로 되고, 안 되는 것은 100번 말해도 안 된다고 한다. 이제 아이가 아빠 마음을 들여다보고 먼저 물어올 때가 있다.

"아빠, 내가 스케이트보드 사달라고 100번 말하면 사줄 거야, 안 사줄 거야?"

아빠의 결론이 뭐가 되었든 결정에 권위가 생긴 셈이다. 부모 말의 권위는 부모가 아니라 이렇게 아이가 만들어 주는 것이라고 생각한다.

아이한테 비밀로 해야 할 것들

아이는 9살이 되면서 어딘가를 갈 때 사전에 아빠한테 직접 '정보 공개'를 청구하기 시작했다. 놀러 가는 곳에 어떤 즐길 거리가 있는지 사진이나 동영상을 보여 달라는 것이다. 정보를 공개하면, 아이는 좋다고 소리 지르기도 하고, 가기 싫다고 거절하기도 한다. 제주도에 한 달 머물 때도 아이는 다음날 스케줄을 차례대로 알려줄 것을 내게 늘 요구했다.

아이가 더 어렸을 때는 이런 정보 공개 요청이 없었다. 아빠가 가는 대로 따라올 때가 많았다. 그래서 어디를 가는지, 현장에서 어떤 문제가 생겼는지, 내가 정보를 쥐고 아이 심기를 관리할 수 있었다. 아이가 알게 돼서 피곤해질 것 같으면 굳이 그 정보를 공개할 이유가 없다. 모든 정보를 아이한테 투명하게 공개하는 육아는 힘든 육아일 수 있다.

가령 이런 경우다. 6살 아이를 데리고 국립중앙도서관에 갔다. 큰 도서관이 어떻게 생겼는지 아이한테 보여주고 싶었다. 그런데 국립중앙도서관은 어린이가 들어갈 수 없도록 규정돼 있었다. 미리 알아보고 갔어야 하는데, 이걸 현장에 가서야 알았다. 아이가 속상해 할 만한 상황인데, 아이한테 얘기를 해야 할까, 말아야 할까.

· · · · · ·

아이와 어쩔 수 없이 방문한 국립어린이청소년도서관

간단히 얘기해 줄 수밖에 없었다. 숨길 수가 없다. 어차피 다른 곳에 가야 했으니 말이다. 아빠는 대신 근처에 있는 국립어린이청소년도서관으로 발길을 돌렸다. 멀지 않고 아이한테 훨씬 좋은 대안이 있어서 다행이었다.

하지만 만일 중앙도서관에서 아이와 시간을 보낼 만한 대안을 찾았다면, 난 '어린이 출입 금지'라는 사실을 말해 주지 않았을 것이다. 노키즈존이라는 정보는 아이 심기 관리에 도움이 되지 않는 정보다.

길 헤매는 척, 혼신의 연기

5살 아이와 둘이 서울 롯데월드에 놀러 갔다. 종일 진을 빼고 저녁을 먹여야 했다. 아빠는 엄청 맛있는 걸 먹자고 아이한테 홍보한 뒤 근처 건물 1층에 있는 패밀리 레스토랑을 찾아갔다. 아이가 좋아하는 음식이 많이 있을 것 같았다.

그런데 아뿔싸, 매장 오픈이 그 다음날부터였다. 내가 건네받은 작은 홍보 유인물에는 오픈 날짜가 안 적혀 있었던 것이다. 높은 계단 앞에서 애를 안고, 유모차 접어가며 찾아간 곳인데 정말 아찔했다. '아, 여기 문 안 열었네?' 내뱉는 순간 배고픈 아이는 상심할 게 틀림없었다. 머릿속이 복잡해졌다. 나는 길을 헤매는 척 연기하기로 했다.

"아빠, 왜?"

"어? 여기가… 아니네? 잘못 왔나봐. 여기 아니다, 가자."

난 다시 아이를 유모차에 태우고 롯데월드로 되돌아갔다. 이번엔 재입장이 안 된다고 했다. 캄캄한 하늘이 노래질 지경이었다. 애 밥 먹일 시간인데, 밥을 못 먹여서 그렇다고, 세상 불쌍한 표정을 지어서 다시 들어갔다.

재입장을 도와준 롯데월드 관계자 분께 지금도 진심으로 감사 드린다. 아이들은 배가 고프면 신경이 날카로워질 때가 많기 때문이다. 다시 못 들어갈 뻔했다는 정보 역시 아이한테 알려주지 않았다.

힘들게 다시 찾아간 식당, 저녁 8시 반이 마감이라고 했다. 마감 시간을 넘겼다. 이것도 아이한테 안 알려준다. 아이 몰래 나오느라 가슴이 조마조마했다. 아이가 예민해지면 난 정신까지 너덜너덜 해질 것 같았다.

밤 9시 반, 아빠를 극적으로 살린 설렁탕과 수육 세트

• • • • • •

아빠는 길을 헤매는 척, 연기를 계속할 수밖에 없다.
"아… 여기도 아닌가 보다. 다른 데다, 다른 데. 오늘 아빠
가 좀 헤매지?" 우여곡절 끝에 찾아간 식당은 밤 10시까
지 영업한다고 했다. 설렁탕에 수육 세트를 시켜서 아이와
배부르게 먹었다.

5살 아이와 인천어린이과학관에 갔을 때도 그랬다. 아
이들이 놀면서 과학 원리를 배울 수 있는 아주 유익한 곳
이었다. 첫 방문이라 사전 예약제라는 것을 몰랐다. 먼 길
을 운전해 도착했는데 예약이 마감됐다고, 입장이 불가능
하다고 했다.

아이는 뭔가 심상치 않다는 걸 눈치채고 '아빠, 왜?' 물었다. 비상 사태였다. '못 들어간대'라고 얘기하면 안 된다. 난 일단 얼버무리면서 이걸 어쩌나 싶었다. 재미있는 곳 가자고 해서 데려온 건데, 입장 불가능하다고 아이한테 말도 못하고 말이다. 대안을 찾아야 했다.

주변을 살펴보니 어린이과학관 로비에 예약 전용 컴퓨터가 있었다. 혹시 몰라 접속해보니, 그새 누가 취소를 했나, 5명이 예약 가능한 상태로 나타났다! 하늘이 날 살리는구나 싶었다.

그렇게 들어간 과학관에서 아이는 2시간 반을 신나게 놀고, 구경하고, 관찰하고, 체험했다. 아이한테 '지금 못 들어간대'라고 말했다면 어떻게 됐을까? 아이를 달래느라 예약 컴퓨터를 미처 발견하지 못하고 발길을 돌렸을지 모른다.

'좋은 소식'도 때로 보안 사항

때로는 좋은 소식도 잠시 비밀에 부쳐야 할 때가 있다. 언젠가 6살 아이한테 '오후 2시에 친구들과 놀기로 했다'

고 오전에 미리 얘기한 적이 있다. 아이가 너무나 좋아하는 소식을 전해준 것이다. 아이는 뛸 듯이 기뻐했다. 아빠는 어느새 친구에게 밀려 '찬밥'이 되어 가는 시절이었다. 아이는 얼마나 설렜으면 당장 나가자고 조르기 시작했다. '오후 2시'라고 설명해도 아이 귀에는 들리지 않는 것 같았다.

나는 결국 아이를 데리고 약속 장소에 나가기로 했다. 현장에 친구가 없다는 걸 보여줘야 했다. 친구가 있을 리가 있나. 아이는 "친구 아직 없네?" 말했다. 이제 '집에 돌아가겠거니' 했는데 그게 아니었다. 일단 밖에 나왔으니 좋아서 그랬을까. 집에 들어가는 것은 또 거부다. 친구가 올 때까지 기다리겠다는 것이다. 약속 시간은 무려 4시간이 남았다. 초여름 날씨에 그늘은 없고 볕은 뜨겁기만 했다.

아빠는 우여곡절 끝에 아이를 움직였다. 마트에 데려가 점심 먹을거리를 사는데, 장을 못 보게 재촉해서 나는 결국 눈으로 레이저를 쐈다. 아이는 레이저를 맞고 기분이 상해 매장 밖으로 나갔다. 나중에 보니, 혼자 처량하게 앉아 나를 기다리고 있었다.

아이가 가장 좋아하는 소식을 미리 알려준 결과라고 생각하니 허탈했다. 물론 '오후 2시'를 어른스럽게 기다리는 아이도 있겠지만, 아직 그만큼 성숙하지 않았다면 '좋은 소식'의 공개 시점을 고민해보면 좋겠다.

아이랑 삼성화재교통박물관에 가던 날에도 아빠는 입을 조심한다. 교통박물관에는 아이가 좋아하는 '전동차 체험'이 있었지만 굳이 강조하지 않았다. 혹시 체험을 못할 수도 있기 때문이다. 실제로 박물관에 도착한 뒤 나는 가슴을 쓸어내렸다. 폭염 때문에 체험을 당분간 중단한다는 안내문이 붙어 있었기 때문이다.

아이를 데리고 귀여운 강아지가 있는 펜션에 놀러 가는 날. 강아지의 존재는 아이가 직접 확인하기 전까지는 비밀에 부친다. 설령 강아지 얘기를 미리 해준다고 해도 '혹시 모르지. 동물병원에 갔을 수도 있지'라고 단서를 달아놓는다. 아이가 기대한 만큼 실망이 돌아올까 걱정되기 때문이다.

고양이가 산다는 제주의 한 중국집에 저녁을 먹으러 갈 때도, 고양이의 존재는? 역시 비밀이다. 아이가 갔을 때 고양이가 있을 거라는 확신이 없지 않은가. 아이가 저

녁을 먹다가 "아빠! 아빠! 여기 고양이!" 소리 지를 때 짐
짓 놀라는 척만 하면 된다. 아이는 우연히 고양이를 발견
했다고 믿겠지만, 사전 고지가 안 됐을 뿐 계획된 여행 스
토리일 뿐이다.

왜 아이를 무동 태웠을까?

아이와 함께 연말에 한 호텔에 간 적이 있다. 업체 측
은 연말 행사를 준비했다. 아이들을 위한 무료 풍선 공연
이었다. 기다란 풍선을 불어 칼도 뚝딱, 꽃도 뚝딱, 심지어
동물도 뚝딱 만든다.

보는 재미가 있지만 사실 아이 부모인 입장에서 반갑
지만은 않은 공연이다. 풍선 동물을 받는 아이는 늘 극소
수에 머무르기 때문이다. 공연이 끝나 풍선 아저씨가 퇴장
하고 나면, 풍선 동물을 받지 못해 섭섭해 하는 아이를 달
래줘야 하는 건 부모밖에 없다.

아이가 투정을 부리지 않겠지만 그래도 혹시나, 5살의
감정이 어디로 튈지 몰라서 은근히 불안했다. 풍선 공연이
끝날 때쯤 난 아이를 얼른 어깨에 무동 태웠다. 호텔 로비

에서 방으로 돌아가며 아이는 아빠 어깨에서 비행기처럼 복도를 날아가고, F1 차량처럼 코너를 급회전 했다. 아이는 깔깔대며 좋아했다. '얘야, 풍선 못 받은 건 잊어라, 비행기나 타자'며 아이 관심을 돌려놓는 것이다.

아이가 어린이집 가는 길에 집에서 자동차 장난감 갖고 오는 걸 잊었다며 차에서 울다가, 잘 진정되지 않은 날도 있다. 난 적당한 곳에 차를 잠시 세우고 주변 풀밭에서 아이가 좋아하는 개미를 관찰하고, 민들레를 살펴봤다. 10분 정도 지났을까.

"어린이집에 민들레 꽃 하나 가져갈까?"

아빠가 말을 건네자, 아이는 고개를 끄덕였다. 부모 뜻대로 되지 않을 때면 이렇게 아이의 관심이라도 돌려보는 게 좋겠다.

막다른 골목에선 '벼랑 끝 전술'

아이와 신경전을 벌이다 코너에 몰리면 선택지가 없을 때가 있다. 아무리 고민해도 묘안이 안 떠오르는 경우다. 그럴 땐 어쩔 수 없다. '벼랑 끝 전술'을 선택하기도 한다.

아이가 8살 때, 아이 친구까지 둘을 데리고 '키자니아'에 간 적 있다. 둘은 체험을 그렇게 하고도 부족했던 모양이다. 아이가 한참 놀다가 저녁때는 친구 집에 가겠다고 주장했다. 벌써 둘이 몇 시간째 놀고 있는데 해가 지고 또 친구 집을 가겠다니, 선뜻 허락하기 힘들었다.

내가 어렵겠다고 하자 아이 친구까지 토라졌다. 둘은 흥미로운 체험 시설이 널려 있는 곳에서 '다 재미없다'고 불평불만을 늘어놓기 시작했다. 키자니아는 이제 재미없다며 심지어 다른 키즈카페를 가겠다고 주장하기도 했다. 아이 친구까지 있어서 모질게는 못하고, 조용한 냉전 기류가 형성됐다. 내가 제시할 별다른 카드는 없었고, 아이들은 내가 받을 수 없는 카드를 내밀고 있었다.

난 고민을 거듭하다 아이 친구한테 친절한 말투로 이제 한참 놀았으니까 "집에 가자"고 선언했다. 벼랑 끝 전술의 핵심은 친절하면서도 단호한 분위기다. '아빠는 말한 대로 무조건 하는 사람'이라는 이미지다. '에이, 말로만 집에 가자는 거지'라고 아이가 생각하면 아빠의 철수 선언은 힘을 못 쓴다. 난 짐을 챙겨 집에 가는 척했고, 애들은 당연히 싫다면서 그제야 다른 체험 거리를 찾아 나섰다. 재미있다고 둘이 다시 신나게 노는 건 금방이었다.

한번은 아이랑 친구, 둘을 데리고 종일 놀게 해주다 저녁 먹을 시간이 됐을 때다. 주변을 아무리 찾아 봐도 마땅한 식당이 보이지 않아서 아이들을 김밥집에 데려가려고 했다. 간판은 '김밥'인데 여러 음식이 있는 곳이어서 괜찮을 것 같았다.

하지만 두 아이는 간판을 보더니 들어가는 걸 거부했다. 나는 선택지가 없고 다시 차를 갖고 이동하기도 힘들어서 그때도 '집으로' 철수를 선언했다. 둘은 금세 식당에 들어가 배부르게 먹었다.

또 눈이 오는 날에는, 눈싸움을 하자며 집에서 장갑 두 켤레를 들고 나간 적이 있다. 한 켤레는 아이가 어렸을 때 쓰던 뽀로로 장갑이었다. "뽀로로잖아! 이건 싫어요!" 한 아이가 말했다. 9살 또래 아이들은 뽀로로 장갑을 창피하다고 생각했다. 9년 인생을 살았더니 뽀로로는 이제 유치하다는 식이다. 한 아이가 뽀로로를 거부하자, 장갑은 다른 아이들한테도 도미노처럼 거절당했다.

"한 사람은 왼손에 뽀로로, 다른 한 사람은 오른손에 뽀로로, 어때?"

아빠는 장갑을 짝짝이로 끼워서 뽀로로의 창피함을 절반으로 줄이면 어떨까 했지만, 아이들은 그 절반의 뽀로로도 허락하지 않았다. 다른 방법은 떠오르지 않았다.

난 할 수 없이 다시 '집으로' 철수 선언했고, 아이들 가운데 한 명이 뽀로로를 받아들인 뒤에야 눈싸움은 시작됐다. 단지 뽀로로라는 이유로 아이한테 선택 받은 장갑이 이제 단지 뽀로로라는 이유로 수명을 다한 것 같다.

5살한테 들킨 아빠의 속내

벼랑 끝 전술의 힘은 실천력에서 나온다. '집에 가겠다'는 것처럼 부모가 말한 대로 쉽게 실천할 수 있는 것을 선언해야 한다.

그런데 아이가 5살 때, 아빠는 어설프게 이 전략을 펴다 속이 뜨끔한 적이 있다. 아빠는 전날 밤 아이한테 내일은 어린이집에 갔다가 펜션에 놀러 가자고 말했다. 그런데 아이는 좋은 것부터 바로 하고 싶었는지, 아침이 되자 펜션부터 바로 가자고 주장했다.

아빠는 장도 못 본 상태였다. 설령 바로 출발해도 체크인 시간 한참 전에 도착한다. 아이 제안을 받아줄 수 없었다. 아이한테 이런 이유를 설명했지만 납득하지 못했다. 난 설득하다 지쳐서 말했다.

"에이, 오늘 그냥 펜션 가지 말자." 벼랑 끝 강수를 둔 것이다. 아이가 목이 안 좋아서 병원부터 데려가려고 나가는 길에, 아이가 내 짐을 보더니 천진난만하게 물었다.

5살 아이한테 작전의 속내를 들키면 아빠 혼자 창피하다.

"아빠, 근데 큰 가방은 왜 갖고 나가?"

난 속으로 빵 터졌다. 아빠가 여행용 캐리어 가방을 갖고 나가는 걸 보고 아이가 캐물은 것이다. '펜션 안 간다는 거, 거짓말이구나?' 아이한테 속마음을 들켰다. "아니, 펜션 간다는 게 아니고, 혹시 네 생각이 바뀔 수도 있으니까 일단 갖고 나가는 거지." 난 웃음을 참고 둘러댔다.

아이는 그제야 "그럼 어린이집 갈래"라고 입장을 바꿨다. 결론은 해피엔딩이었지만 아빠의 심리 전술은 낱낱이 드러났다. 이런 실수가 반복되면 아이는 아빠의 엄포를 허풍이라고 생각할 것 같았다.

아이한테 간식 줄 때도 그렇다. 바나나 먹을래? 부모의 질문에 "응" 대답해서 바나나를 줬다. 그런데 돌연 "이거 안 먹어" 해버리면 속이 부글부글 끓을 수 있다. 부모는 짜증이 나서 일단 잔소리를 하고 거기에 더해 "너, 앞으로 바나나 절대 안 줘" 말할 수 있다.

그런데 과연, 아이한테 앞으로 바나나를 절대 안 줄 수 있을까? 실천할 수 있다면 그렇게 말해도 된다. 아니라면 그런 엄포는 자제해야 한다. 부모 말의 무게를 스스로 가볍게 하는 행동이기 때문이다. 정말 하려는 게 아니라면 섣불리 강수를 둬서는 안 되겠구나 싶다.

아빠 말은 대체 왜 잘 들을까?

주변에서 이 질문 많이 받았다. 아이가 어쩜 그렇게 아빠 말을 잘 듣느냐는 것이다. 사실 그런 질문을 받을 정도는 아닌데, 다른 부모 눈에는 신기했던 모양이다.

아이 엄마도 가끔 나를 '육아의 달인'이라고 했다. 아빠 말은 잘 듣는다고 생각한다. 그래서 뭔가 아이한테 시켜야 하는 게 있으면, 아이 엄마는 몰래 아빠한테 다가와 '육아 청탁'을 하기도 한다. 귓속말로 '쟤, 오늘 치실 좀 시켜줘' 이러는 것이다.

왜 아빠 말은 잘 들을까? 언젠가 아이한테 물었더니 "아빠가 혼을 내서"라고 답했다. 육아 달인의 실체는 별것 아닌 셈이다. 사실 육아휴직 때는 아이를 혼내는 횟수가 늘었던 것 같다. 아이와 보내는 시간이 길어졌으니까. 그런데 아이를 가끔 혼내는 것은 어느 부모나 마찬가지 아닐까? 아이가 아빠 말에 잘 따라주는 다른 이유는 혹시 더 없을까?

선택은 아이가, 책임도 아이가

나는 말로 가르치는 것보다는 아이가 스스로 경험하고 깨닫는 것이 우선이라고 생각한다. 부모가 아무리 맞는 말을 해도 아이한테 잔소리로 들리기 십상이기 때문이다.

아이가 5살 때, 장모님 댁에서 놀던 아이를 데리러 갔다. 한겨울이라 밖은 꽤 추웠다. 아이가 그 추운 날 킥보드를 타고 와서 다시 그걸 타고 집에 가야 하는데, 손에 장갑을 안 끼겠다고 했다. 맨손으로 킥보드 손잡이를 잡고 달리면 손이 꽤 시릴 텐데 말이다.

엄마는 아이한테 장갑을 끼워주려고 했다. 손이 시릴 게 뻔하기 때문이다. 아이가 잠자코 있을 때도 있는데, 그날은 그렇지 않았다. '장갑 안 끼겠다'는 입장이 정해지고 쉽게 바뀌지 않았다. 자연스럽게 아이와 대치가 시작됐다.

'얘는 왜 이렇게 말을 안 듣는 건지' 엄마는 속이 상한다. 손이 시릴 테니 장갑 끼라고 지시 혹은 권유하는 것과, 장갑을 껴도 된다고 아이한테 선택의 자유를 주는 것은 다르다. 난 주로 후자의 방식을 택한다.

아이는 킥보드를 타고 찬바람을 가르며 달릴 것이다. 손이 너무 시리면 나한테 장갑을 달라고 할 테지 생각했다. 그럼 손이 시릴 것이라고 예고했던 아빠 말의 권위는 올라갈 것이다. 또 다음에 아빠가 제공하는 정보에 대한 신뢰도 높아진다. 찬바람에 손이 트면? 갈라진 피부를 아이한테 보여주면서 향후 장갑 착용의 정당성을 확보할 수 있다.

반면 아이가 장갑 없이 견딜 만한 정도였다면? 그건 아이 선택이 결과적으로 나쁘지 않았던 셈이 된다. 아이한테 선택의 자유를 주고, 아빠 말의 권위를 쌓는 투트랙 과정은 성장 과정 내내 이어졌다.

이듬해 아이가 6살 때는 목장에 데려간 적이 있다. 아이는 송아지한테 우유를 주고, 어미 소한테 여물도 주고, 우유도 직접 짜봤다. 마지막에는 목장에서 주는 당근을 잔뜩 받아 말과 양한테 나눠주는 체험을 했다. 그런데 당근

엄마의 조언대로 당근 일부를 선뜻 건네주는 아이

· · · · · ·

이 아이가 한 번에 갖고 다니기에는 좀 많아 보였다. 자칫
하면 놓칠 수도 있을 것 같았다. 부모라면 이런 '감'이 딱
올 때가 있다.

아이 엄마는 당근 흘린다고 한 번에 다 들지 말자고 아
이한테 조언했다. 맞는 말이다. 나도 그렇게 느꼈으니까.
아이는 엄마 말대로 당근을 나눠 부모한테 일부를 주고 나
머지만 갖고 다녔다.

만일 엄마 말을 따르지 않았다면? 엄마는 피곤해졌을
것이다. 아빠는 그냥 뒀을 것이다. 부모로서 예상되는 악
재와 대안을 알려줬으면 그만이고, 선택은 아이가, 책임도

아이가 지는 것이라고 나는 믿기 때문이다. 아이를 다루는 스타일의 차이일 뿐, 정답은 없다.

흘려듣기 힘든 아빠의 경고

아이가 8살 때, 친구 집에서 노는 아이를 퇴근한 뒤 데리러 간 적이 있다. 아이를 데리고 나와 마트에 들렀다. 아이는 미니 농구대처럼 만들어진 장난감을 사고 싶다고 했다. 안에는 작은 농구공 모양의 껌이 여러 개 들어 있었다. 3천 원이었다.

아빠는 안 샀으면 했는데, 아이는 완강했다. 집에 있는 자기 용돈으로 사겠다며 호소했다. 아빠가 물러섰다. 사놓고 자세히 보니, 포장을 잘못 뜯으면 농구공 껌이 길바닥에 다 쏟아지게 생긴 부실한 제품이었다. 불길함이 밀려왔다. 그래서 위험을 경고했다.

"그거 있잖아. 잘못 뜯으면 껌이 다 쏟아질 것 같거든? 아빠 차에서 뜯지 말고, 집에 가서 뜯는 게 좋을 것 같아."

아이는 차에서 꾹 참다가, 집에 올라가는 엘리베이터 앞에서 포장을 뜯기 시작했다. 난 쏟아질 것 같다고 2차 경고를 했다. 내가 신경 써서 도와줄까 하다가 그냥 뒀다. 아니나 다를까, 포장이 터지면서 엘리베이터 앞에 농구공 껌이 우르르 다 쏟아졌다. 드라마에서 뺨을 때릴 것 같으면 꼭 때리는 것처럼, 어쩜 그렇게 불길한 예상은 적중하는지. 난 우스웠지만, 웃음을 꾹 참았다.

농구공 껌은 떨어지고, 아이는 눈물을 뚝뚝 흘렸다. 껌을 찾다, 찾다, 다 못 찾았고, 아이는 결국 "돈 낭비했다"고 말했다. 난 '이게 뭐야. 아빠 말대로…' 얘기하고 싶은 욕망을 꾹 누르고, 아무 말도 하지 않았다. 아이가 스스로 '아빠 말대로 할 걸' 생각하라고 속으로 주문을 걸었다.

아빠는 집에 가서 아이한테 3천 원을 달라고 했다. 이런 돈은 꼭 받아내야 한다. 껌은 5백 원짜리 풍선껌보다 맛도 없었다. 그날 바로 말하면 기분이 나쁠 테니, 며칠 지난 뒤에 '아빠가 말하면 그대로 된다'는 점을 아이한테 강조했다. 이런 일이 반복되면, 아빠의 경고는 흘려듣기 힘들어지는 것이다.

아빠의 예언은 현실이 된다

껌을 다 쏟고 한 달 뒤, 아이를 데리고 극장에 가서 '토이스토리4'를 같이 봤다. 아이도, 나도, 빵빵 터졌다. 영화가 끝나고 같은 건물에 있는 다이소 매장에 갔다. 집에 색종이가 떨어졌기 때문이었다.

마트처럼 견물생심, 애들 눈을 사로잡는 물건들이 많았다. 다이소 VIP가 되는 아이들이 괜히 있는 게 아니었다. 아이는 얼마 전 한자시험을 통과해 엄마로부터 용돈 1만 원을 받아 지갑이 두둑한 상태였다.

아이는 한참 둘러보더니, 3천 원짜리 미니 전자 게임기를 사겠다고 했다. 한눈에 봐도 재미없어 보였다. 사더라도 그때뿐, 아이가 큰 관심을 갖지 않을 게 분명했다. 아이 돈이라 구입 여부는 알아서 결정하라고 한 뒤, 난 경고 겸 예언했다.

"재, 미, 없, 고, 시, 시, 할, 거, 야."

아빠는 아이한테 또박또박 말해줬다. 3천 원짜리 게임

기를 사고 며칠간 난 아이가 얼마나 갖고 노는지 유심히 관찰했다. 아이가 게임기를 만지다 금세 다른 놀이를 할 때를 골라, 난 아이한테 물었다.

"아들, 아빠 말이 맞지?"
"응? 뭐가?"
"이거, 이거~ 재미없고 시시하잖아."
"아니, 재미있어!"
"그래? 그럼 왜 이거 하다가 금방 다른 거 갖고 노는데?"
"재미… 없어."

아이는 기어들어가는 목소리로 재미없다고 실토한 뒤 괜히 말했다는 듯 손으로 자기 입을 탁탁 때렸다. '아빠 말이 결국 맞다'는 것을 아이가 한 번 더 경험한 것이다. 이런 사례는 계속 누적되었다.

아이가 9살이 돼서 제주자연생태공원에 놀러갔을 때다. 주차장 옆 잔디에 돗자리를 깔고 김밥을 먹었다. 작은 그릇에 담긴 간장을 찍어먹는 김밥. 간장을 돗자리 위에 올려놓았는데, 아이가 건드릴 것 같아서 몇 번 주의를 줬지만 결국 홀라당 엎어지고 말았다. 아이가 잔디밭 위 곤충을 보겠다고 돗자리 위를 기어 다니다가 간장을 엎은 것이다.

"거 봐, 아빠 말이 또 맞았지? 아빠가 말하면 그게 실제로 일어난다니까~"

난 웃으면서 말했다. 한 실내 동물원에서 가져 온 작은 금붕어도 두 마리 가운데 한 마리는 아빠의 예언대로 금세 숨을 거뒀다.

"아빠 같으면, 슈퍼마리오 살 것 같아?"

아이가 뭔가 하겠다고 주장하면, 예상 부작용을 정확히 설명해주고, 크게 위험하지만 않으면 아이가 겪어보도록 놔두고, 부작용이 실제로 나타나면 '아빠 말이 맞았지?' 재차 강조하고, 이런 패턴을 몇 년간 반복하고 있다. 그래서 아빠 말을 좀 더 경청하는 것 아닐까 싶다.

아이는 이제 어떤 결정을 내려야 할 때, 종종 아빠 의견을 먼저 물어보기도 한다. 아이가 추석 때 친척으로부터 용돈을 받은 뒤 장난감을 사겠다며 마트에 갔을 때다. 여러 장난감을 둘러보면서 행복한 고민을 하던 아이가 나한테 먼저 물었다.

"만약에~ 아빠 같으면, 이거 살 거 같아? 슈퍼마리오 장난감."

"음, 글쎄… 네 돈이니까, 네가 결정하는 거지. 넌 어떻게 생각해? 재미있을 것 같아?"

"난 잘 모르겠어. 아빠 같으면 어떻게 했을 것 같아?"

"아빠는… 이건 좀 비싸기만 하지 않나? 잘 안 갖고 놀 것 같은데…"

난 슈퍼마리오 장난감을 사지 말라고 직접적으로 말한 적이 없는데, 아이가 장난감에서 등을 휙 돌리는 것을 보고 묘한 느낌을 받았다. 아이가 뭔가 결정하는데 아빠 의견을 중요하게 여겼다는 것을 느낀 것이다. 아빠의 조언을 귓등으로도 안 듣고 장난감 구입을 강행했다가 돈만 날린 적이 여러 번이라는 걸 아이는 기억하는 듯했다.

아이는 그날 마트에서 30분간 여러 장난감을 구경하다가 결국 2,400원짜리 실뜨기 장난감만 하나 샀다. 그걸 집에서 갖고 놀면서, 아이는 뿌듯한 느낌으로 여러 번 말했다.

"오늘 싼 거 사서, 진짜 잘 갖고 노네~"

포켓몬빵 사려고 줄 서 있을 때처럼, 아이는 심심할 때면 아직도 아빠와 실뜨기 대결을 벌이고는 한다.

스파이더맨 놀이의 참사

아빠 말을 왜 잘 듣느냐. 이 질문에 아이가 "아빠가 혼내서…"라고 주장하니, 아이를 혼내는 몇 가지 원칙도 덧붙이면 좋겠다. 우선, 아이를 언제 혼내는 게 좋을까? 아빠가 사고 위험을 분명히 '예고'했는데도 아이가 강행하다가 일이 터지면 혼낸다.

아이한테 자유를 주고 책임지도록 하지만, 일이 커져 부모가 책임져야 하는 상황도 생기기 때문이다. 아이가 기

아빠가 예고한 재앙, 아이의 스파이더맨 놀이가 불러온 참사

다란 줄로 거실 여기저기를 거미줄처럼 묶어 스파이더맨 놀이를 할 때, 그러다 발이 줄에 걸리면 '거실 수납장 넘어 간다'고 예고한 적이 있다. 결국 와장창 넘어가서 혼내는 식이다.

친구 관계에서도 혼낼 일이 생긴다. 다만 주의할 게 있다. 정확한 사실 확인이다. 아빠가 다툼의 현장을 직접 확인하지 못했을 때 특히 그렇다. 밖에서 일하다 들어온 아빠가 다른 사람 말만 믿고 아이를 혼내면 아빠에 대한 분노만 쌓일 수 있다.

아빠가 이런 얘기를 들었는데, '아빠가 들은 게 맞니?'라고 아이한테 사실 확인을 먼저 해야 한다. 다른 부모, 혹은 다른 아이의 말만 일방적으로 들은 채 아이를 섣불리 혼내면 뒷감당이 힘들 수 있다. 아이가 잘못한 게 사실로 확인되면, 그때 혼내도 늦지 않다.

아이를 정말 혼내야 한다고 판단했을 때는 작심하고 따끔하게 혼낸다. 아이가 정신을 못 차릴 정도로 엄하게 혼낸 적도 있다. 혼낼 때는 아빠 눈을 똑바로 쳐다보라고 하고, 짧은 문장으로, 아이가 무엇을 잘못했는지 알아듣게 혼낸다. 말이 길어지면 아이 정신이 분산될 것 같다.

아이를 혼내는 시간은 짧다. 혼낼 때는 되도록 방문을 닫고 혼낸다. 장소가 주는 긴장감도 있기 때문이다. 중간에 '아빠가 뭐 잘못했다고 했어?'라고 아이가 아빠 말을 경청하고 있는지 확인도 한다. 아빠의 꾸중이 끝났으면 "끝났다"고 알려준다. 그러고 아이를 다독이려고 노력한다. 아이가 삐쳐서 도망갈 때도 있지만 말이다.

그렇게 혼나면, 다음부터는 '아빠 기분이 조금씩 안 좋아지고 있어', '아빠가 좀 더 기분이 안 좋아지면 화가 날 것 같아', '조금 더 있으면 혼날 수도 있어'라고 말해주면 된다. 웬만한 실랑이는 다 정리가 되는 것 같다. 강력한 무기는 그 자체도 무섭지만, 그것을 쓸 수 있다고 경고하는 것만으로도 힘을 발휘하기 때문이다.

4 부
—
놀
이

아들, 게임을 시작해 볼까?

아이를 데리고 제주에서 한달살이를 할 때다. 낮에는 사려니숲길에 들렀다가 오후에는 동물농장을 찾아가 당근을 주기로 했다. 하루 일정은 이렇게 '아빠가 원하는 한 곳'과 '아이가 원하는 한 곳'을 조합할 때가 많았다. 식당 갈 시간이 아까워 김밥 도시락을 쌌다.

숲길에는 여러 탐방 코스가 있는데 난 '미로숲길'로 들어간 뒤 다른 탐방로를 통해 처음 출발한 '안내센터' 쪽으로 되돌아 나오기로 했다. 너무 오래 걷지 않아 아이에게도 적당해 보였다. 특히 한번 지나간 길로 다시 돌아 나오는 것이 아니기 때문에 아이한테는 '목적지'가 있다는 느낌을 줄 수 있었다. 주차한 곳으로 어차피 되돌아 나와야 하지만 '8'자 코스로 걷기 때문에 산책길이 중복되지 않는 것이다.

그런데 숲길에 도착하자마자 계획이 틀어졌다. '미로 숲길'이 공사 중이었던 것이다. 별 수 없이 일단 걸어 들어 갔다. 숲길은 기대만큼 좋았다. 붉은 흙 위를 걸으면서 숲 향기가 코끝을 찔러올 때면 상쾌했다. "아들, 여기 숲 냄새, 진짜 좋지 않아?"하면 아이는 "응~ 난 안 좋아~" 대답 했다. 아이는 숲의 매력을 아직 느끼지 못했다. 그 매력을 아이한테 주입할 수는 없는 노릇이었다.

아빠 머릿속은 복잡해졌다. 걷기 코스는 '8'자가 아니 라 직선으로 바뀌었고, 아이는 자기가 걷는 만큼 다시 똑 같은 거리를 돌아 나와야 한다는 것을 금방 깨달았다. 숲 길을 걸은 뒤에는 아이가 세상에서 가장 좋아하는 '동물 먹이주기'가 기다리고 있었다. 아이는 정말 단 10분도 안 돼서 외쳤다.

"아빠, 이제 그만 가자!"

올 것이 너무 빨리 온 셈이다. 다음 순서는 '동물'인데 별다른 볼거리가 없는 숲길은 아이한테 지겹게만 느껴졌을 것이다. 하지만 제주 사려니숲길까지 와서 10분도 안 돼 돌아 나간다는 것은 아빠에게 있을 수 없는 일이었다. 바로 나가면 내가 못내 아쉬워 기분이 상할 것이고, 계속 걸어 들어가면 아이는 '그만 가자'고 투정을 부리다 기분이 상할 것 같았다.

둘 중 한 명은 꼭 속상해야 할까? 이 난관을 어떻게 헤쳐 나가야 할까? 내가 갑자기 "어? 저 앞에 저거 뭐지?" 외쳐서, 아이한테 작은 곤충이나 나무를 관찰하게 만들어도 한계가 있었다. 난 걷다가 한 가지 수를 생각해 아이한테 말했다.

"아들, 너 진짜 이러기냐?"

"응? 왜~?"

"아빠가 진짜 와보고 싶어서 여기까지 힘들게 너랑 같이 왔는데 말이야. 뭐? 10분도 안 돼서 나가자고? 동물이 그렇게 좋아? 너만 좋으면 다냐? 섭섭하네. 너 아빠한테 잡히기만 해봐라. 넌 오늘 죽었어. 잡히면 너 오늘 엉덩이 맴매 10대야!"

아빠랑 잡기 놀이를 시작하자는 신호탄이었다. 아이는 '잡히면 맴매' 얘기에 씩 웃더니, 냅다 뛰기 시작했다. 어느 쪽으로? 숲속으로. 난 마음속으로 '됐다' 싶었다.

아이는 전력질주 해서 벌써 내 시야에서 사라져버렸다. 난 여유 있게 숲길을 걸어 들어가면서 즐겼다. 저 멀리 아이가 보이면 천천히 걷는 척하다가, 어느 정도 가까워지면 나도 전력질주 했다.

"너, 이 자식~!"

· · · · · ·

전력질주에 걸리적거린 걸까? 모자를 휙 벗어 던지는 아이

아이는 깔깔 웃으면서, 또 숲속으로 수십 미터를 전속력으로 뛰어 들어갔다. 아이는 잡히지 말아야겠다는 생각뿐, 아빠가 왜 갑자기 쫓아오는지 눈치 채지 못했다. '뛴 만큼 되돌아 나와야 한다'는 진리는 생각할 겨를이 없었다. 잡기 놀이는 너무 재미있으니까 말이다.

걷다 뛰다 반복하면서 숲속으로 2km를 들어갔다. 난 숨을 고르면서 이제 그만 가자고 했다. 왕복 4km면 나도 적당했다. 아이는 왔던 길을 되돌아 나가면서 연신 투덜거렸다. "아니, 왜 이렇게 멀어~" 그러거나 말거나, 난 숲길을 마음껏 즐겼고, 아이는 아빠랑 신나게 잡기 놀이를 했으니 됐다.

아이가 제안한 온천 놀이

며칠 뒤 아이를 데리고 제주에서 이름난 온천을 찾았다. 온천은 탕이 몇 종류로 나뉘어 있었다. 물의 성분과 온도, 색깔이 각각 달랐다. 무슨 큰 차이가 있을까 싶지만, 그래도 와 봤으니 경험해보고 싶은 것이 아빠 마음이었다. 물론 아이 마음은 달랐다. 아이가 온천을 싫어하지는 않지만, '그게 다 그 물'이고 결국 똑같은 온천탕인 것이다.

온천 견적을 딱 보니, 아이는 머지않아 지루해 할 것 같았다. 아이가 4살이었을 때는 경기도의 한 온천에 놀러 갔다가 아이를 후다닥 샤워만 시켜서 바로 나온 적이 있었다. 아쉬웠다. 또 그러지 않으려면 뭔가 놀이를 만들어야 할 것 같았다. 내가 운을 띄웠더니 이번엔 아이가 직접 온천 놀이를 제안했다.

"아빠, 아빠. 여기 초록색이랑 저기 나무로 된 곳이랑 제일 큰 데 있잖아. 여기는 순서가 있는 거야. 초록색, 그다음에 나무, 마지막이 제일 큰 데, 이 순서대로 가는 거다. 알겠지?"

아이가 세 종류의 온천탕을 순환하는 룰을 정했다. 사실 그다지 특별한 놀이도 아니다. 난 이제 조금만 연기하면 될 것 같았다. 아이의 청개구리 심리를 이용해 아빠만 빼고 혼자 다음 순서로 이동하면 얼굴을 잔뜩 찌푸리기 시작했다. 아이가 만든 룰에 내가 '꼭 아빠랑 같이 가야돼' 룰을 추가한 것이다.

아이는 나랑 같이 몸을 담그고 있다가 혼자만 도둑처럼 몰래 다음 코스로 이동했다. 나는 사라진 아이를 찾는 것처럼 고개를 좌우로 몇 번 돌려주고, 다음 코스로 먼저 이동한 아이를 찾아낸 뒤 오만상을 찌푸렸다. 아이는 그걸 보고 그렇게 좋아라 했다. 이제 아빠는 충분히 온천을 즐기고, 아이는 지겹지 않게 시간을 보낼 수 있는 환경이 만들어진 것이다.

아이한테는 아빠 눈을 피해 몰래 빠져나가는 것 자체가 하나의 재미있는 놀이가 됐다. 또 아빠 눈을 피해 룰과 반대 방향으로 온천탕을 이동하는 것 또한 놀이가 됐다. 아이가 놀이에 푹 빠져서일까. 난 온천탕 순환 놀이를 하느라 힘이 쭉 빠질 때까지 몸을 담그고 있어야 했다. 숲길이든 온천이든, 아이가 자꾸만 '이제 나자'고 재촉해서 입장료 본전이 생각나는 분들은 한 번쯤 시도해보면 좋을 것 같다.

'떡실신' 보장, 아이만 힘든 놀이

아이는 즐겁기만 하지만, 아빠는 힘든 놀이가 많다. 사려니숲길에서 했던 단순한 잡기 놀이가 그랬고, 직접 몸을 써야 하는 놀이들이 그렇다. 아이가 6살 때, 거실 매트에서 처음으로 레슬링 놀이를 했다가 진을 다 뺐다. 레슬링의 규칙을 알 턱이 없는 꼬마가 그저 아빠를 한번 뒤집어 넘겨보겠다고 용을 썼다.

레슬링 잠깐 하면 한겨울에도 집에서 땀을 뻘뻘 흘린다. 남자 아이들이 대표적으로 좋아하는 놀이일 텐데, 퇴근한 아빠가 레슬링 한 판 하자고 먼저 얘기를 꺼내기가 두려울 정도다. 아빠도 마음 단단히 먹고 하자고 해야 한다.

축구, 저질 체력 탕진의 지름길

8살 아이를 데리고 주말에 초등학교 운동장에 놀러갔다가 '1 대 1' 축구를 한 적이 있다. 작은 풋살 경기장도 아니고 커다란 축구장에서 말이다. 운동장에 나와 있는 친구가 없어서 축구 대결을 거절할 수 없었다.

초여름에 그 큰 운동장에서 둘이 축구하다가 정말 탈진하는 줄 알았다. 학교 수돗가에서 물을 벌컥벌컥 마시고 머리를 다 적셨다. 아이와 1 대 1로 축구하겠다는 부모가

· · · · · ·

체력은 더 빨리 떨어지고, 회복은 더 늦게 되는 아빠

있으면 그것만큼은 말리고 싶다. 똑같이 뛰어도 아빠는 아이에 비해 피로 회복 속도가 몇 배는 느린 것 같다.

하루는 집에서 아이랑 '테이프 굴리기' 놀이를 했는데, 별 것 아닌 줄 알고 시작했다가 체력을 다 썼다. 택배 상자 붙일 때 쓰는 커다란 테이프를 저 멀리까지 굴려 벽에 더 가깝게 바짝 붙이는 사람이 이기는 간단한 놀이다. 둥근 테이프가 직선으로만 쭉 굴러가는 게 아니라 마치 럭비공처럼 불규칙하게 튀기 때문에 승패를 예측할 수 없는 매력이 있다. 이긴 사람은 포켓몬 카드를 한 장씩 가져간다.

아이가 이 놀이에 푹 빠지는 바람에 난 거실을 100번 넘게 왕복하고, 허리를 굽혔다 폈다 반복해야 했다. 저강도 운동이 길어지자 체력이 바닥났고, 아빠는 거실에 드러누웠다.

아빠가 아들과 놀아주는 것은 대단히 바람직하지만, 이렇게 아빠 체력만 탕진해서는 놀이가 오래 갈 수 없다. 아이가 언젠가 '달리기 시합'을 하자고 한 적이 있는데 100미터를 달리고 나면 내가 헉헉 숨을 고르기도 전에 아이는 '한 판 더!' 외친다.

달리기 시합이 아무래도 힘들 것 같으면 아이한테 '싫

다'고는 말을 못 하고, 정신없이 다른 주제의 얘기를 꺼내면서 혼을 빼놓은 적도 있다. '달리기 시합'이 아이 머릿속에서 지워지도록 말이다. 부족한 체력을 때로는 이런 속임수로 보충한다.

초죽음이 예고된 '1 대 1' 야구

일요일 아침, 난 방구석에 있던 스펀지 야구배트를 꺼냈다. 8살 아이가 밖에 나가서 놀자고 성화라서 운동장에 야구나 하러 가자고 한 것이다. 아이 엄마가 "누가 잡아줘야 되지 않아?" 묻기에, "내가 대충 잡아주면 돼"하고 집을 나섰다. 애가 쳐봐야 얼마나 치겠어 생각한 것이다. 아이는 6살 때 아빠가 던져준 공을 방망이에 잘 맞히지 못했었다. 하지만, 아이 엄마 말을 들었어야 했다.

난 언더스로우, 팔을 아래에서 돌려 천천히 던져주기 시작했다. 아이는 방망이를 몇 번 휘두르더니 금세 공을 맞히기 시작했다. 아이는 타자, 아빠는 투수, 수비는? 없었다. 아이가 때린 공이 나만 넘기면 난 달려야 했다. 투수 앞 땅볼을 유도하지 못하면 안타깝게도 나는 달려야 했다.

투수 앞 땅볼을 유도해도 내가 실책하면, 나는 달려야
했다. 숨이 차올라 천천히 쉬면서 걸어갈 때면 "아빠, 달
려!" 아이의 목소리가 뒤통수에 꽂혔다. 투수를 넘기는 타
구에 내가 짐짓 놀라면서 '홈런!' 해주면 아이는 좋아서 펄
쩍 펄쩍 뛰었다.

타자가 공에 적응하면 투수를 바꿔야 한다. 난 불펜이
없었다. 그래서 자체적으로 투구 폼을 바꿨다. 언더스로우
를 포기하고 2단계, 진짜 투수처럼 팔을 위에서 돌려 던지
기 시작했다. 아이가 헛스윙을 하면 난 기쁨을 감추지 않
았다. 그렇게 좋은 티를 내면, 아이는 홈런을 쳐서 아빠를
힘들게 만들겠다면서 괴성과 함께 풀스윙을 했다.

처음엔 축구장 가운데 중앙선까지 공이 굴러가는 게
목표였는데, 그런 타구가 잇따라 나왔다. 초등학교 운동장
이지만 왕복하면 100미터 가까이 될 것이다. 정말 끝없이
왕복했다. 아이는 신나게 치고, 아빠는 공만 주워오다 보
면, 무념무상의 단계에 이른다.

그날 크게 깨달았다. 몇 달 뒤 아이 친구랑 같이 운동
장에 야구나 하러 가자고 했다. 3명이 됐으니 투수와 타자
를 제외하고 수비 1명이 생긴 것이다. 나는 장소 선택에

심혈을 기울였다. 아이들이 공을 멀리 쳐도 다시 튕겨 나올 만한 곳을 골랐다. 공이 계속 굴러가면 아빠만 죽어나기 때문이다.

장소 선택은 탁월했다. 아이 수준에서는 '홈런'이라고 할 만한 대형 타구가 10개 넘게 나왔는데 전부 다 벽을 맞고 튕겨 나왔다. 스펀지 공이라서 위험하지는 않았다. 똑같이 놀아줘도 몸은 한결 편했다.

부메랑과 원반 던지기

축구나 야구처럼 몸으로 즐기는 놀이도 해주지만 늘 체력을 소진할 수 없다. 덜 힘든 놀이가 꽤 있는데 몇 가지만 소개한다.

우선 부메랑이다. 부메랑을 처음 본 아이들은 뭔가를 던졌을 때 그게 하늘을 날아 다시 제자리로 돌아올 수 있다는 사실에 일단 신기해한다. 부메랑은 온라인으로 쉽게 구입할 수 있는데 좋지 않은 제품은 잘 돌아오지 않는다고 한다.

또 아이가 얼굴을 다칠 수 있는 딱딱한 재질의 부메랑

은 피해야 한다. 가격도 비싸지 않다. 아이가 부메랑을 받는데 성공한다면 무척 좋아할 것이다. 무엇보다 제자리에서 던지고 받는 것이기 때문에 크게 힘들지 않다.

부드러운 재질의 원반을 둘이 던지고 받는 것도 체력에 무리가 안 간다. 종이비행기를 날리든, 동물한테 먹이주기 체험을 하든, 캐치볼 놀이를 하든, 대개의 놀이는 체력 소모가 심하지 않다.

꿀잠 예약, 아이만 힘쓰는 놀이

부모들이 간절히 바라는 놀이의 로망은 이렇다. 부모는 편한데, 아이들은 힘든 놀이. 시쳇말로 떡실신 한 아이들이 집에 가서 꿀잠 잘 수 있는 놀이다. 키즈카페에 아이들을 풀어놓고 가만히 누워서 스마트폰만 들여다보는 부모들. 누가 손가락질 할 수 있을까? 평일에는 돈 버느라, 주말에는 애 보느라 힘든 심신을 누구보다 잘 이해한다. 하지만 키즈카페도 한두 번이지. 뭔가 다른 아이디어가 필요하다.

아이는 7살 생일에 '공룡메카드 시계'를 선물 받았다.

시간 표시는 물론 간단한 게임이 되고, 화질은 낮지만 사진도 찍을 수 있는 손목시계였다. 난 어느 주말 아이를 데리고 극장에서 '몬스터호텔3' 애니메이션을 보고, 킥보드에 태운 뒤 집 근처 공원에 갔다. 놀이의 로망을 연구하다 떠오른 아이디어였을까. 아이의 시계 장난감으로 미션을 주면 좋을 것 같았다.

"아들, 아들. 그거 사진 찍히지?"
"응, 근데 왜?"
"아빠가 지금부터 미션을 주겠어. 아빠가 뭘 얘기하면, 네가 이 공원 안에서 찾은 다음에 공룡메카드 시계로 사진을 찍어서 오는 거야. 어때?"
"좋아!"
"근데, 다른 사람들 얼굴 막 찍으면 안 돼. 알겠지?"

불특정 다수의 초상권 관련 주의를 준 뒤 놀이를 시작했다. 처음에는 멀지 않은 곳에 있는 비둘기와 자전거부터 시켰다. 벽시계를 찍어오라고 했더니, 아이는 공원 구석구석을 뒤져 정자 구석에 걸려 있던 것을 잘도 찾아냈다. 난 이어서 꽃과 현수막에 인쇄된 글자, 화살표를 찍어 오라고 했다. 가까운 것들을 성공하면 난 '이제 5단계야, 6단계야' 하면서 점점 어려운 문제를 냈다.

마지막에는 정말 공원 끝에, 저 멀리 보이는 작은 강아지 한 마리를 발견하고 문제를 내기도 했다. 아이는 한참 걸려 강아지를 찾아내더니 정말 강아지처럼 미친 듯이 뛰어가기 시작했다. 난 공원 벤치에 세상 편하게 앉아서 아이가 죽어라 뛰어가는 뒷모습을 보는데, 그 장면이 너무 귀엽고 재미있어서 잊히지가 않는다. 그래, 뛰어라 뛰어, 열심히 뛰어라!

이렇게 놀다 보니 30분 이상, 길게는 1시간 넘도록 시간을 편하게 때울 수 있었다. 다른 공원에 가면 또 다른 문제를 낼 수 있었고, 문제를 잘게 쪼개 아이한테 17단계 미션까지 준 날도 있다. 적당히 하고 집에 가고 싶은 날에도 아이는 끈질기게 출제를 요구했다.

어려운 문제를 해결하면 아이 얼굴에 뿌듯한 표정이 묻어났다. 17단계 미션을 완수한 뒤 편의점을 들렀다. 아이는 과자, 난 커피를 사들고 집에 돌아왔다.

"제3 본부를 만들어라, 오버!"

아이와 무전기를 갖고 공원에 놀러 갔을 때다. 벤치에 앉아 있는데 무전이 들려 왔다. 아이는 저 멀리서 손을 흔들고 있었다.

"아빠, 지금 나 보여? (응, 보인다, 보여.) 여기가 우리 두 번째 본부야."

내가 앉아 있는 곳을 제1 본부라고 했는데, 아이가 갑자기 제2 본부를 정했다. 별 이유는 없었다. 그냥 그러고 노는 것이다. 난 이때다 싶어서 "제3 본부를 만들어라, 오버!" 아이한테 지령을 내렸다. 아무 맥락도 없이 여러 본부를 물색하고 숫자로 지정하는 놀이가 시작됐다.

아이는 공원 구석구석을 탐험하고 자기 나름의 번호를 붙여 나한테 무전으로 알려왔다. 제7 본부까지 만든 뒤 이제 내가 아이를 움직이기 시작했다.

"아들, 들리나 오버! 지금 위치는 어딘가?"

"제3 본부다, 오버!"

"지금 비상사태다. 제5 본부에서 불이 났다고 한다. 빨리 출동해서 불을 꺼라, 오버!"

아빠는 공원 벤치에 앉아 지령을 내리면서 쉬고, 아들만 계속 이동해야 한다. 물론 제5 본부의 화재를 진압하면 다음 미션이 기다리고 있다. 제6 본부에는 도둑이 들어올 계획이다. 상상력만 좀 발휘하면 된다. 본부 사이의 거리도 꽤 멀어서 아이한테 운동이 된다.

공원에서 킥보드 타는 아이한테 '킥보드가 완전 기차 같네!' 말하니까, 아이가 정말 기차처럼 출발했다 멈췄다 하면서 공원을 10바퀴 가까이 돈 적도 있다. 아이가 기차를 조종하는 것처럼 느껴지도록 공원 곳곳에 역을 정해줘도 괜찮겠다. 이렇게 아이 체력만 빼는 놀이는 아이가 지겨워 할 때까지 부모가 얼마든지 해줄 수 있다.

<u>아이의 도전을 자극하는 '초 재기'</u>

남자 아이들은 대체 왜 그런지 모르겠지만, '초를 재준다'고 하면 좋아할 때가 있다. 운동장에서 달리는 것도 그저 웃고 좋아하지만, 초를 재준다고 하면 몇 번을 더 뛸 수 있다. 괜히 신기록을 세우고 싶고, 실제로 더 빨라지면 뿌듯해 하기 때문이다.

'이번엔 어디, 기록 깰 수 있나 볼까?' 기대를 불어넣고, 아이가 결승점을 통과할 때 스톱워치를 약간 일찍 눌러줘도 된다. 아이는 전력 질주하고, 아빠는 스마트폰 들고 시간만 재주는 놀이는 매력적이다.

아이를 제주도에 데려갔을 때, 한번은 송악산 둘레길 근처에서 아이가 사라진 적이 있다. 내가 하늘을 나는 패러글라이딩을 멍하니 10초 정도 구경했을까. 뒤돌아보니 아이가 없었다.

혹시나 싶어 아래쪽을 내려다봤더니, 아이는 벌써 수백 개의 계단을 내려가 혼자 해변을 구경하고 있었다. 계단 높이가 만만치 않았다. "아들, 위험한 곳은 가지 말자!" 무전기로 말해줬다. 아이가 올라올 때 말했다.

"아빠, 내가 이거 엄~청 빨리 올라갈 수 있는 거 알아? 초스피드로 올라갈 테니까 시간 좀 재 줘!"

국가대표 훈련 같은 것을 아이는 재미 삼아 한다.

· · · · · ·

난 만류했다. 오르막 계단이라도 너무 서두르다가 괜히 다칠 것 같았다. 내가 말리는데도, 아이는 기어코 무전기로 '시… 작!' 하더니 계단을 뛰어오르기 시작했다. 나도 남자이긴 하지만, 남자 애들은 대체 왜 저러나 싶었다. 넘치는 에너지를 소진할 수 있는 놀이 아이디어는 아이들의 그런 심리 속에 숨어 있다.

조약돌 하나로 2시간 놀기

수영장 데리고 가면 '물개'가 되는 아이들이 많다. 애들 체력의 바닥은 어디인가 궁금할 정도고, 부모가 중간에 억지로 쉬도록 해야 물에서 나오는 것이다. 단순히 수영하고 물놀이를 즐겨도 아이 체력을 소모할 수 있지만, 혹시 아이가 지루해 한다면 '잠수 장난감'에도 관심을 가져볼 만하다. 아이들 힘 빼놓는 데는 딱이다.

사실 처음부터 장난감을 산 건 아니었다. 처음에는 사람이 없는 어느 야외 수영장에서 이 놀이를 시작했다. 주변에 동글동글한 조약돌이 보이기에, 그걸 아이한테 '조개'라며 몰래 물속에 숨겼다. 바다에서 '조개'를 찾아보라고 한 것이다.

· · · · · ·

수심이 얕은 어린이 수영장에서 '조개'를 찾는 아이

아이가 진짜 너무 좋아했다. 아이가 한눈팔 때 조약돌 3개를 슬쩍 숨기고, 아빠 발밑에도 숨겨보고, 그렇게 2시간을 넘게 놀았다. 그러고도 아이는 물에서 나오려고 하지 않았다.

이런 놀이는 부모가 말할 수 없이 편하다. 부모는 현실의 안락함 속에 있고, 아이는 환상의 바닷속에서 조개를 찾는다. 나중에 집에 와서 보니 온라인에서는 이미 여러 종류의 잠수 장난감을 구입할 수 있었다. 수영장에 다른 사람들이 있으면 조약돌 놀이를 할 수 없으니 이런 장난감도 장만해 볼 만하다. 아이가 잠수를 배우는 데도 제격일 것이다.

아이가 몰입하는 스토리의 힘

차 뒷자리에 아이를 태우고 둘이 장거리를 갈 때는 내가 운전하면서 말놀이를 해줘야 한다. 코로나 시국 이전, 둘이 찜질방에 갔다가 집에 돌아가는 길이었다. 주말이라 차가 막혀서 집까지 1시간이 걸렸다. 아이랑 '동시에 말하기 게임'을 하자고 했다.

아이가 먼저 "아빠는 강아지가 좋아, 고양이가 좋아?" 물어본 뒤 "하나, 둘, 셋!" 하고 한 가지를 말하는 간단한 놀이다. 아이가 좋아하는 것이 무엇인지 알 수 있고, 둘의 마음이 맞으면 신나게 웃기도 한다. 별 것 아닌데, 하다 보면 시간 금방 간다.

가끔은 끝말잇기도 한다. 이런 간단한 놀이도 좋지만,

힘 안 들이고 아이랑 오래 놀아주려면 '스토리'가 필수다.

서울 한복판, 공룡 화석을 발굴하다

스토리만 있으면 아이들은 맨땅에서도 한참을 논다. 아이가 7살 때, 하루는 아빠한테 자랑을 했다. 유치원 앞에서 '공룡 화석'을 발견했다는 것이다. 애한테 '뻥치지 말라'고 할 수 없어서, 일단 기겁한 뒤 '어디서 발견했는데?' 물었다. 아이는 유치원 바로 앞이라고 했다. 친구가 분명 공룡 화석이라고 했다는 것이다.

결국 난 영하의 날씨에 집에서 모래놀이 장난감을 챙겨 아이와 함께 유치원을 찾아갔다. 아이가 지목한 곳은 모래 놀이터였다. 아이가 푹 빠져 있는 스토리를 아빠가 중간에 깰 수가 없었다.

발굴을 시작했다. 모래놀이용 작은 삽으로 아이가 가리킨 곳을 열심히 파기 시작했다. 모래도 꽁꽁 얼어 있었다. 추위에 굳은 손으로 삽질을 20~30분은 한 것 같다. 곧 진짜 공룡 뼈처럼 딱딱한 부분이 드러났다.

"이거야 이거! 이게 공룡 화석이야!"

아이는 너무 신나 옆에서 소리를 질렀다. 내가 공룡 화석이 아니라고 하면 실망할 것 같아서, '아빠는 솔직히 잘 모르겠다. 근데 이게 진짜 공룡 화석이면 대박'이라고 말해줬다. 진짜면 TV뉴스에 나갈 거라고 했다. 7살짜리 꼬마가 서울 한복판, 그것도 유치원 앞에서 공룡 화석을 발견하다니!

아이는 TV뉴스 얘기를 듣더니, 자기 혼자 TV에 나오는지 아니면 이 화석을 같이 발견한 유치원 친구도 TV에

• • • • • •

유치원 앞 모래놀이터, 그곳은 '공룡 화석' 발굴 현장

함께 나가는지 나한테 물어왔다. 아이는 사뭇 진지했다. 더 이상 웃음을 참을 수 없었다. 나는 진지한 아이를 붙잡고 한참을 웃다가 추위를 잊었다. 이게 아이를 몰입하게 하는 스토리의 힘이라고 믿는다.

레고에 재미를 불어넣는 스토리

아이가 놀이에 스토리를 입히는 것은 마치 본능처럼 보이기도 한다. 아이는 5살 때 어린이집 가기 전 나를 깨웠는데, 아빠한테 처음 한 말은 "아빠, 거실로 나가자. 자동차 놀이 하자"였다. 아이가 원했던 자동차 놀이는 말이 자동차 놀이지, 사실은 자동차가 등장하는 일종의 상황극 같은 것이었다.

아이는 토마스 기차를 쥐고, 난 작은 자동차를 쥔다. 둘은 서로 떨어져 있다가 거실 한복판에서 '안녕~'하고 우연히 만난 듯 필연적으로 만난다. 이제 뭔가 스토리를 만들어 다른 곳을 찾아가야 한다. 어디를 찾아가, 어떤 일이 벌어질 것인지, 그 세부적인 스토리는 그날그날 다르다. 토마스와 자동차는 둘이 소풍을 가든, 병원을 가든, 향후

레고를 완성하는 것은 놀이의 '끝'이 아니라 '시작'

· · · · · ·

일정은 늘 아이만 알고 있었다.

　6살 때부터는 아이가 레고에 빠졌다. 이것도 소재만
레고일 뿐이었다. 레고를 조립해 완성하면, 그 완성은 끝
이 아니라 새로운 레고 놀이의 시작이었다.

　그 순간 집구석 어딘가 불이 나고, 소방차가 출동하고,
주유소가 생기고, 난리도 아니었다. 도둑이 출몰했다가 도
망가고, 경찰이 출동해 검거하고, 누군가 배가 고프면 밥
을 먹고, 음식을 마련해주고, 그런 스토리의 상황극을 아
이와 아빠가 끝없이 펼치는 것이다.

　놀이의 핵심은 토마스나 자동차, 레고가 아니라 스토
리와 에피소드였고 집안 구석구석에 대한 의미 부여였다.

거실 매트는 매트가 아니라 광활한 평원이었고, 소파는 소파가 아니라 거대한 산맥이었다.

매뉴얼을 보고 레고를 조립할 수 있느냐가 중요한 것이 아니라, 아이와 함께 상상력을 펼칠 수 있느냐가 중요했다. 아이가 감기 기운이 있을 땐 어린이집에 보내지 않고 오전 11시부터 저녁 6시 반까지 레고만 갖고 놀기도 했다.

빈방에서는 장난감 대신 상상력

7살이 되자 레고는 터닝메카드로 바뀌었지만 본부에서 친구를 만나, 사냥을 나가고, 다시 본부로 복귀하는 식의 스토리는 그대로였다. 아이가 한때 무전기를 들고 '제1본부', '제2본부'를 외치며 상상의 화재를 진압하고, 상상의 범인을 잡으러 공원을 뛰어다닌 것도 스토리 덕분이었다.

한번은 침대도 없이 룸이 텅텅 비어 있는 리조트에 놀러 간 적이 있는데, 나와 아이는 누가 먼저 하자고 했던가. '상상의 방'을 만들었다. 텅 빈 커다란 방 안에 작은 4개의 방이 있다고 생각하고, 아이는 주인, 난 손님이 되었다. 1번 방부터 4번 방까지 생겼다. 노크도 하고, 비밀번호도 누르고, 비밀번호 틀렸다고 하면 또 맞추고, 스토리만 있다면 장난감 하나 없이 잠깐이나마 놀 수 있다.

장난과 놀이의 사이

'일요일 아침의 확실한 선택', SBS 〈TV동물농장〉에 이런 스토리가 나온 적이 있다. '두부'라는 개가 있었다. 같은 집에 새끼 개들이 잔뜩 사는데, 엄마 개가 아닌 두부만 쫓아 다녔다. 두부는 편할 날이 없었다.

전문가는 현장을 보더니 이렇게 말했다. 두부가 도망다니는 것을 새끼 개들이 재미있어 한다는 것이다. 새끼들은 두부한테 우르르 몰려가고, 두부는 피하고, 새끼는 다시 쫓아가고, 이 과정이 하나의 놀이가 된 것이다. 새끼들이 '재미있는 놀이'라고 인식하지 못하게 해야 한다고 전문가는 조언했다.

아이가 부모한테 장난칠 때도 똑같은 일이 벌어진다. 화장실에서 아이가 아빠랑 같이 있을 때, 갑자기 나를 보고 '씩' 웃는다. 불안했다. 아니나 다를까, 아이는 차가운 물을 손에 담아 나한테 휙 뿌렸다. 아빠는 어떻게 해야 할까? 아이와 격하게 장난치고 싶은 게 아니라면, 아무리 차가워도 꾹 참는 게 가장 좋은 방법일 수 있다. 리액션이 없으면 그 장난은 연속된 놀이로 발전할 수 없다. 재미없기 때문이다.

난 이런 장난을 치면, 점점 격해지다 화장실이 곧 물바다가 되고, 욕실에서 다칠 수도 있을 것 같아서 대개 꾹 참는 편이다. 몇 번을 참으니 아이는 물을 잘 뿌리지 않는다. '두부'가 도망가지 않음으로써 새끼 개들이 쫓아가는 재미를 못 느끼도록 하는 셈이다. 가끔 아이와 좀 놀아도 될 것 같으면 참지 않고 "헉, 차가워! 너, 죽었어!" 한다. 그 즉시 놀이가 시작된다. 아이는 너무 즐거워한다.

간지럼을 태우는 것도 그렇다. 아이는 나한테 간지럼을 잘 태우지 않는다. 아이가 7살 때, 하루는 아빠한테 간지럼을 태워서 내가 치타, 아이는 호랑이로 변신해 서로 간지럼 태우기 결투를 벌인 적이 있다. 정말 녹초가 됐다. 그 뒤로는 아이가 간지럼을 태워도 내가 웬만하면 꾹 참는다. 내가 리액션을 해주지 않으니 놀이로 진화하기가 힘들어진다.

아이는 그래서 대안을 찾는다. 엄마한테 간다. 아이 엄마는 간지럼을 잘 참지 못해서 그야말로 생생한 리액션을 하게 된다. 내가 봐도 간지럼 태우는 게 재미있어 보일 정도다. 장난은 자연스럽게 놀이로 발전한다. 엄마한테는 괴로운 놀이. 엄마는 아이가 이런 장난을 좀 덜했으면 해서 나한테 해결책을 물은 적이 있다. "하지 말라고 하면, 애가 더 하고 싶어질 수 있거든. 정말 싫으면 참아야 돼."

'원숭이 인형'부터 '오이고추'까지

아이가 어린이집과 유치원을 다닌 4년간, 난 아침 식사의 상당수를 챙겨줬다. 아이가 먹는 몇 가지 음식을 돌려막기 하는 정도였지만, 뭐라도 좀 먹이고 보내고 싶은 게 부모 마음이다.

잘 먹는 날도 있지만, 그렇지 않은 날도 많았다. 아이를 데리고 밖에 나갈 때도 부모는 늘 애 밥 먹이는 게 일이다. 어떻게 해야 짜증 없이 먹일 수 있을까.

가급적 하고 싶지 않았던 건 아이에게 동영상을 보여주면서 먹이는 것이다. 또 저마다 이유가 있겠지만, 아이한테 음식을 집요하게 권유하는 것도 되도록 하고 싶지 않았다. 권유와 강요는 한 끗 차이기 때문이다. 아이가 자기

손으로 직접 밥을 먹는 게 가장 이상적이라는 것을 어느 부모가 모를까. 그렇게 만드는 게 어려울 뿐인 것을. 집에서 성공했던, 공유할 만한 방법 몇 가지를 소개한다.

무능한 원숭이의 숨은 능력

하루는 4살 아이랑 같이 먹으려고 점심을 준비했다. 볶음밥을 만들었고, 조기를 구웠다. 아이가 처음에는 잘 안 먹었다. 입에 안 맞았는지 자꾸 뱉어서 혼내기도 해봤다. 4살 아이랑 대화가 잘 통할 리가 없다.

나는 왜 그랬는지 모르겠는데, 그냥 옆에 있던 원숭이 인형한테 말을 걸었다. "원숭아, 내가 얘한테 볶음밥을 주면, 먹을 것 같아 아니면 안 먹을 것 같아? 아… 안 먹을 것 같다고?" 원숭이와 대화를 마친 뒤, 난 아이한테 볶음밥을 내밀었다.

어떤 일이 벌어졌을까? 아이는 볶음밥을 마구 먹기 시작했다. 정말 신기했다. 원숭이의 대답이 틀렸다는 걸 아빠한테 보여주고 싶었던 것 같다. 난 원숭이한테 여러 차례 더 물어봤지만, 결과적으로 원숭이가 정답을 맞힌 적은 한 번도 없었다. 원숭이는 아이 마음을 전혀 몰랐다. 무능한 원숭이 덕분에 아이는 밥을 금방 다 먹어버렸다.

4살 정도 아이라면 원숭이가 아니라 사자든 토끼든, 식탁에 인형을 한번 초대해놓고 볼 일이다. 아이가 인형을 바보로 만들거나 천재로 만들고 싶어할 수 있다.

"뺏어 먹으면 절대 안 돼!"

아이가 4~5살 때 잘 먹힌 수법이다. 숟가락에 밥을 얹든, 옥수수를 얹든 상관없다. 많은 부모가 음식을 얹은 숟가락을 입에 물고 비행기를 씽 태워서 아이 입에 넣어줄 때가 있을 것이다. 이런 비행기 놀이를 좋아하는 아이들도 많다. 잘 안 먹히면, 이걸 약간 변형해보자. 비행기 숟가락을 아이 입이 아니라, 부모 입으로 천천히 가져가보자.

"아들, 이번엔 아빠가 먹을 차례니까, 너 뺏어 먹으면 절대 안 돼. 알았지?"

이렇게 말하면 어떤 일이 벌어질까? 아이는 그거 훔쳐

먹는 재미에 자기 배가 불러가는 줄도 모를 수 있다. 숟가락을 아빠 입으로 천천히 가져가면, 어느 순간 애 입이 먼저 나타나 잽싸게 먹어치운다. '와, 이번에 또 뺏겼네!' 엄청 분한 척을 해주면 된다.

이런 놀이에 쓰라고 비행기 모양의 숟가락을 만들어 판매하는 업체도 많다. 아이가 내 음식을 가로채 먹었을 때, 그 분한 아빠의 표정이 재미있었나 보다. 아빠가 먹으려고 많이 담아둔 메밀국수 그릇을 아이는 자기 것과 몰래 바꿔놓은 날도 있었다. 난 세상 원통한 표정으로 '얼마나 먹나 보자' 지켜봤더니, 아이는 꽤 많은 양을 흡입하기도 했다.

알 수 없는 아이의 마음

아이들은 '하지 말라'고 하면, 그걸 그렇게 '하고 싶어' 할 때가 있다. 5살 때 아이를 데리고 여행 가서 아침을 먹는데, 아이가 도무지 먹지를 않았다. 이럴 때 애가 뭘 안 먹으면 부모 마음이 조급해 질 수 있다. 먹으라고 할 때 안 먹은 아이가 나중에 식당 밖에서 예민하게 변할 수 있기 때문이다.

아이가 조용해야 가족이 평화롭고, 여행이 행복하다. 안 먹고 돌아다니기만 하는 아이한테 나는 "이거 먹고 또 달라고 하면 안 돼~ 이거 말고 없어"라고 말했다.

이제 무슨 일이 벌어졌을지, 예측할 수 있을 것이다. 아이는 그제야 밥을 먹기 시작했다. 대체 왜 그랬을까? 아빠가 다 먹고 '또 달라'는 말을 하지 말라고 했으니, 얼른 먹고 '또 달라'고 말하고 싶었던 걸까. 아이 마음은 알 수 없었다.

아이는 요즘도 처음 보는 음식은 거부할 때가 있다. 음식 선택에 보수적이다. 아는 맛, 겪어본 맛을 선호한다. 그때 "이거 사실은 완전 맛있는 거야. 먹고 또 달라고 하면 안 된다"고 하면 그제야 맛을 볼 때가 있다. 아이가 한번 먹어보고 나한테 씩 웃어주면, '맛있으니까 더 달라'는 뜻이 되겠다.

오이고추야, 고마워

주말에 5살 아이를 데리고 '맥포머스' 수업에 데려갔

다. 소방차도 만들고, 소화기도 만들고, 아이가 좋아했다. 점심에 같은 건물의 식당에 데려가 떡갈비 정식 1인분을 주문했다.

난 아무 말도 하지 않았는데, 식당에서는 감사하게도 아이가 먹을 밥을 좀 더 갖다 주셨다. 아이 한 명만 데리고 둘이 가서 어른 음식 2인분을 주문하면 음식이 남을 때가 많아서 늘 애매했었다.

떡갈비 정식에는 '오이고추'가 함께 나왔다. 오이고추는 아시다시피 많이 맵지는 않다. 하지만 나는 고추가 엄청 매운 것처럼 인상을 팍 찌푸렸다. 이때 아이들은 어떻게 반응할까? 아빠의 고통에 공감하며 걱정할까? 다 그렇지는 않다. 아이는 재미있다고 깔깔대며 웃었다. 일그러진 내 표정이 웃겼나 보다.

난 매운 느낌을 좀 없애보려고 입에 밥을 구겨 넣었다. 그런데 그때, 아이가 내 밥그릇을 빼앗아 가려는 거 아닌가? 난 본능적으로 '그래, 이거네.' 생각했다.

"으~ 아빠 매워! 밥 먹어야 돼!"
"아냐, 아빠 밥 안 줄 거야~ 내가 먹을 거야. 하하하하."

아빠 밥을 가져간 아이한테 동방예의지국의 예절을 가르쳐야 할까? 난 그럴 만큼 육아에 한가하지 않았다. 일단 재미있게 밥 한 그릇을 배부르게 먹이는 게 중요했다. 아이들은 일단 배를 두둑하게 채워놔야 기분 좋고 신나게 놀게 마련이다. '버릇없이 어른 밥을 빼앗아 가다니', 그건 나중에 가르쳐줘도 늦지 않을 것 같았다.

아이는 내 밥그릇을 껴안고, 자기 밥부터 서둘러 먹기 시작했다. 난 많이 맵지도 않은 오이고추 하나를 더 먹는 조건으로 아이한테 밥의 일부를 돌려받았다. 오이고추를 하나 더 먹고 매운 연기를 재방송했다. 덕분에 아이가 밥 한 그릇을 다 먹고 내 밥을 탐냈다. 둘이 공깃밥 세 그릇을 먹었다. 아이 엄마는 나중에 듣고 놀라워했다.

그날 이후 식당에서 오이고추가 나오면 애 밥 먹이는 게 가뿐했다. 아이는 '어, 고추다! 아빠, 아빠!'하면서 나를 찾았고, 나는 리얼한 매운맛 연기를 준비했다. 오이고추가 안 나오는 식당에서는 아이가 '아빠, 여기는 고추 안 나와?' 물어보기까지 한다.

언젠가는 돼지갈비 집에서 유독 매운 마늘을 잘못 먹었다가, 그 표정 하나로 아이한테 밥을 잔뜩 먹이기도 했다. 물론 밥을 다 먹인 뒤에는 다른 사람의 고통에 공감할 줄도 알아야 한다고 가르쳐주기는 했다. 아빠 말을 진지하게 듣기는 한 걸까? 아이는 지금도 식당에서 오이고추가 나오면 아빠를 보고 씩 웃는다.

아빠도 '척', 아이도 '척'

아이가 5살 때 또 한참 써먹은 방법은 '반찬 퀴즈'를 내는 것이다. 아이한테 주려고 점심에 냉동 돈가스를 굽는데, 얘는 주방에서 내 다리를 붙잡고 당장 놀아달라고 놔주지를 않았다. 참고 참다가, 기름이 튈까 위험하기도 해서 언성을 좀 높여 아이를 떼어냈다. 부자간에 냉랭한 기운이 흘렀다.

돈가스를 다 구웠으니 밥을 먹여야 한다. 차가운 분위기를 바꿀 겸 난 '반찬 퀴즈'를 내기 시작했다. 아이한테 눈을 감으라고 하고, 내가 입에 넣어주면 무슨 반찬인지 맞추는 것이다.

입을 큼지막하게 벌리라고 해놓고 1단계는 쉬운 것부터, 2단계, 3단계로 갈수록 여러 가지를 섞어서 잔뜩 먹인다. 집에 밑반찬이 몇 가지 있는 날에는 퀴즈를 내는 게 가능했다. 이런 퀴즈도 처음 몇 번은 재미있고, 아이가 식탁에 앉아 먼저 퀴즈를 내달라고 할 때도 있다. 하지만 여러 번 하면 금세 질린다.

그럼 아이가 직접 퀴즈를 내겠다고 할 때도 있다. 물론 아이는 밥에 반찬만 없는 것이 아니라 엄마와 작당해 몰래 매운 고추를 얹고, 마늘을 얹기도 한다. 아빠가 생마늘을 먹고 인상을 구기는 게 그렇게 즐거운 모양이다.

아이는 또 내가 문제를 출제할 때, 그러니까 숟가락에 여러 반찬을 올릴 때 몰래 실눈을 뜨고 커닝을 하기도 했다. 훔쳐본 것을 내가 모르는 척하면 아이는 이미 정답을 알면서도 무슨 반찬인지 고민하는 척을 한다. 아빠도 '척', 아이도 '척', 그렇게 속고 속이면서 놀다가 밥 다 먹는다.

감자 도둑 놀이

아이한테 밥을 먹이는 것은 5살 때가 가장 힘들었던 것 같다. 아빠가 두뇌를 풀가동 한 것이 그때다. 하루는 어린이집 가기 전 아이의 심기가 불편했다. 애가 좋아라 하

어린이집 가는 날 아침, 아이는 천도복숭아를 좋아한다.

• • • • • •

는 천도복숭아가 떨어져서 울고, 어린이집에서 소방 훈련
한다고 해서 양말을 신겼더니 불편하다고 또 울고. 그 와
중에 또 뭐라도 먹여야 할 것 아닌가.

내가 준비한 아침 간식은 오븐에 구운 감자였다. 그날
은 '감자 도둑 놀이'를 시도했다. 난 구운 감자를 한 숟가
락 떠놓고 거실에서 사라졌다. 아이한테 도둑이 몰래 안
훔쳐 먹게 잘 지키라고 했다. 아빠는 이제 출근 준비를 하
면 된다. 중간에 슬쩍 보면 감자가 사라지는데, 그렇게 한
숟가락씩 먹이는 것이다.

"어? 감자 어디 갔어! 아들, 도둑이 먹는 거 봤어?"

아이는 씩 웃는다. 아빠는 누가 범인인지 모른다. 감자 잘 지키고 있으라고 다시 단단히 타이르고 자리를 떠나면? 감자는 또 사라진다. 이걸 계속 반복하면 지겨우니까 아빠는 중간에 범인이 누구인지 추궁해야 한다. 긴장감을 조성해야 계속 재미있는 것이다. 감자가 또 사라지면, 아이가 범인인지 조사하고 자백을 받아내야 한다.

아이한테 입을 아~ 벌려보라고 하고, 아이 입에서 감자 냄새가 나는지 킁킁 맡아보기도 하고, 범인 검거 노력을 기울여야 한다. 집을 나설 시간이 다가오면 아이가 아빠 눈을 피해 몰래 감자를 먹는 현장을 딱 포착하고, "너 이놈, 잡았다!"하고 현행범 체포를 해서 화장실로 이를 닦이러 가면 된다. 이렇게 깔끔하게 어린이집에 보낸 날은 아침부터 기분이 상쾌하다.

흔한 미역국 장사 놀이

6살이 된 아이는 숫자의 개념을 알고 있었다. '장사 놀이'가 가능해진 것이다. 아이를 유치원에 보내는 날, 아침에 미역국을 준비했다. 거실에 있는 장난감 돈을 가져와

내 마음대로 가게를 오픈했다.

"자~ 아빠는 미역국 식당 사장님이에요. 한 숟가락에
100원입니다!"

아이가 밥을 잘 안 먹을 것 같아서 식당을 연 것이다.
미역국 식당은 생각보다 장사가 무척 잘됐다. 한 숟가락에
정상가 100원을 받고 팔기도 하고, 좀 깎아서 50원만 받
고 팔기도 했다.

아이는 "이번 건 얼마예요? 이번엔 얼마예요?"하고 먹
기 전에 가격을 묻고는 했다. 가상의 스토리를 만들어주면
놀이에 금방 몰입하는 것이다. 미역국 식당에서 준비한 아
침은 금세 다 팔렸다. 아이가 밥을 잘 안 먹으면 가끔씩 가
게 문을 열어볼 만하다.

인어공주와 겨울왕국

아이들 밥그릇에는 애니메이션 캐릭터가 들어간 제품
이 많다. 그릇 곁에도 있지만 음식을 담는 바닥에도 캐릭

터가 그려져 있다. 왜 굳이 그릇 바닥에 캐릭터를 넣었을까? 밥을 담으면 어차피 보이지도 않는데 말이다. 난 6살 아이가 한 말을 듣고 그 이유를 알았다.

아이는 아빠와 실내 동물원에서 신나게 동물 구경을 한 뒤 루틴처럼 가는 식당에 자리를 잡았다. 아이가 잘 먹는 참치마요 주먹밥을 하나 주문했다. 밥이 나오자 아이가 한 말은 "아빠, 이거 다 먹으면 '인어공주' 나와~"였다. 식당 직원이 웃었다. 밥그릇 바닥에도 캐릭터가 숨겨져 있으니까 그걸 소재로 난 아이와 심심하지 않게 대화할 수 있었다.

"응? 인어공주? 진짜야? 과연… 그럴까?"

아이는 자신의 말을 증명하려고 서둘러 주먹밥을 먹기 시작했다. 주먹밥이 꽤 커서 그걸 먹지 않고서는 바닥에 그려진 캐릭터가 뭔지 알 수 없었다. 밥그릇이 마음에 들었다.

밥을 절반 정도 먹고 나자 캐릭터가 보이기 시작했다. '인어공주'가 아니라 '겨울왕국'이었다. 아이가 예전에 먹었던 건 '인어공주'가 나왔던 모양이다. 나중에 그 식당을 들렀을 때는 또 다른 그릇이 나왔다. 난 바닥의 캐릭터가 뽀로로인지, 루피인지, 포비인지, 맞혀보라고 했다. 정답을 확인하려면 얼른 밥을 먹어야 했다.

집에도 캐릭터 그릇이 있었다. 곰돌이 푸와 티거 캐릭터가 들어간 그릇이었다. 아이를 유치원에 보내기 전, 하얀 밥에 멸치볶음을 섞어 김에 싸줬다. 밥을 하나씩 그릇에 올려놓으면서 '이건 푸가 먹을 거, 이건 티거가 먹을 거' 주인을 정해줬다.

아이는 푸랑 티거의 밥을 몰래 먹어놓고, 내가 뒤늦게 발견하면 즐거워했다. 그렇게라도 몇 번 먹이면 '오늘은 이거라도 먹고 가는구나' 기분이 좋았다. 푸와 티거한테 감사한 마음뿐이다.

구관이 명관 '가위바위보'

코로나19가 뭔지도 모르던 시절, 6살 아이를 데리고 가족이 해외여행을 갔다. 외국에 나가면 늘 아이들 밥이 문제다. 낯선 음식을 잘 먹는 아이도 있겠지만, 익숙한 음식을 찾는 아이도 있다. 저녁에 찾아간 식당에서 우리는 볶음밥을 주문했다. 한국에서 먹던 것과 가장 비슷한 메뉴였다.

하지만 아이는 감자튀김 몇 개를 집어 먹더니 더 이상의 음식은 거부했다. 점심도 부실하게 먹였는데 그냥 둘 수 없었다. 집에서 챙겨간 '비장의 무기'인 김에 볶음밥을 넣어 간단한 김밥을 만들었다. 그리고 '가위바위보'를 제안했다.

아이가 이기면? 내가 먹여주기로 했다. 아이는 밥을 스스로 먹어온 터라 아빠가 '먹여주는 것'은 큰 유혹이었다. 대신 내가 이기면, 아이가 스스로 먹기로 했다. 아이는 이기든 지든 결과는 같다. 과정만 다를 뿐 먹어야 하는 것이다.

알고 보면 부모 마음이 편안해지는 게임이다. '김밥의 맛'도 있지만, '먹여주는 맛'도 있나 보다. 아이는 가위바위보에서 이길 때마다 승리의 기쁨을 만끽하고 입을 넙죽넙죽 벌렸다.

배고픈데 쫄쫄 굶는 척

아이는 8살이 되자 스스로 게임을 제안하기에 이르렀다. 아이를 학원에서 데려와 집에서 팽이 배틀을 1시간째 하고 있었는데, 배가 고팠다. 그런데 아이가 먼저 밥을 준비해 놓고 게임을 하자고 했다. 미역국을 끓여서 가위바위보 이긴 사람이 한 숟가락씩 먹자는 것이다. 난 바로 좋다고 했다.

저녁을 준비해 게임을 시작하는데, 아이는 그동안 내가 봐 오던 가위바위보 패턴과 다르게 무작위로 내기 시작했다. 분명 변칙이었다. 난 거의 지기만 했다.

아빠는 배가 고파 죽겠는데, 밥을 앞에 놓고 못 먹는다고 괴로워하니, 아이는 아주 신이 났다. 아이는 그렇게 한 그릇을 뚝딱 해치웠다. 아빠는 뒤늦게 저녁을 먹은 뒤 팽이 배틀 2차전에 돌입했다.

식사 시간 버는 '관찰력 테스트'

아이가 7~8살 즈음부터는 아빠가 잔머리 굴리는 날이

현격히 줄었다. 아이는 배가 고프면 알아서 잘 먹었다. 다만 가끔 뷔페식당에 갔을 때 곤란했다. 어른과 아이의 식사량과 속도가 달라서다. 아이는 진득하게 앉아 엄마 아빠와 함께 먹기도 하지만, 가끔은 대충 먹고 빨리 나가자고 재촉할 때도 있었다.

아이 성화에 서둘러 일어나면 뷔페의 '본전'이 생각나기도 했다. 한 패밀리 레스토랑은 그래서 아이한테 색칠놀이 장난감을 주기도 하는데, 이런 장난감이 없으면 부모가 말로 때워야 한다.

8살 아이를 데리고 여행을 갔을 때다. 오랜만에 뷔페에 갔는데 아이가 그날 일정에 설레 먹는 둥 마는 둥 자리에서 일어나려고 했다. 난 '관찰력 테스트'를 시작했다. 여행 과정에서 보고 들은 것을 퀴즈로 내는 것이다.

특별히 기억하려고 한 것이 아니기에 아이는 정답을 생각하려고 머리를 싸맨다. 난 아이가 탔던 비행기 날개의 색깔은 무엇인지, 엄마 아빠와 함께 탄 케이블카의 색깔은 무엇인지 퀴즈를 냈다. 물건 모양은 어땠는지 물어보기도 했다.

관찰력 테스트 결과, 아이가 부모보다 더 정확하게 기

억할 때가 많다는 것을 알게 됐다. 서로의 기억이 달라 스마트폰 사진을 확인해 보면 내가 틀리는 경우가 생기는 것이다. 아빠가 헉! 놀라면, 아이는 '내 말이 맞지?' 표정으로 의기양양, "또 문제!" 외쳤다.

한번은 집에 돌아온 뒤 제주도에서 본 동물이 백록담 흰사슴인지 하얀 염소인지 의견이 엇갈렸는데, 내가 맞다고 확신했다가 결국 진 적도 있다. 잘 모르면 확신은 금물, 만고불변의 진리다.

몸으로 하는 놀이로 시간을 때우는 것도 좋다. 아이한테 뒤돌아보라고 하고, 손가락으로 목 뒤를 콕 찌른다. 어

· · · · · ·

관찰력 테스트, 제주도에서 본 동물 이름이 뭐였더라?

떤 손가락인지 맞혀보라고 하는 간단한 놀이로 간장게장 먹는 시간 정도는 확보할 수 있다. 아이 등에 손가락으로 글자를 쓰고 맞히는 놀이는 일단 간지럼을 타기에 아이가 좋아라 한다. '쌀·보리' 게임도 시간 잘 간다. '빨리 나가자'고 재촉하는 아이한테 스마트폰 보여주는 것보다 조금만 더 관심을 기울이면 될 것 같다.

아빠의 범행 도구 '유부초밥'

아이를 챙길 때 숙명적인 고민은 이렇다. 오늘 점심에는 뭐 먹지? 저녁에는 뭐 먹지? 내일 아침은? 다음 끼니는 어김없이 돌아온다. 기왕 먹이는 거, 야채도 같이 먹이고 싶어서 아빠는 또 잔머리를 굴린다. 야채를 도저히 골라낼 수 없게 잘게 다져 카레를 만들고, 동종 수법으로 자장을 만든다. 계란말이에 야채를 슬쩍 섞어버리고, 동그랑땡에도 야채를 다져 넣는다.

특히 야채든 뭐든 몰래 먹일 때는 유부초밥만한 것이 없는 것 같다. 유부 밑바닥에 다른 재료를 슬쩍 숨기는 것이다. 아이가 고기를 잘 안 먹던 시절에는 LA갈비를 잘게 다져 몰래 넣어봤더니 들키지 않았다. 아이는 아무 의심을 하지 않고 잘 먹었다. 또 하루는 맛살을 다져 마요네즈랑 섞은 뒤 유부 속에 숨기면서 만들고 있는데 아이가 갑자기 주방에 들이닥친 적이 있다. 아이는 맛살을 쳐다봤다. 은폐 현장이 적발된 것이다.

"나 이런 거 싫어하는데~ 난 밥만 있는 거 먹을 거야."
"당연하지~ 아빠가 아들 박사잖아. 너 싫어하는 거 다 아니까, 그렇게 안 만들잖아. 맛살 넣은 건 엄마 줄 거야."

난 일단 범행 의도를 부인했다. 시미치 뚝 떼고 전부 맛살을 넣어 만들었다. 그리고 아이한테 맛살 숨긴 유부초밥을 쓱 내밀었다. 다행히 이번에도 들키지 않았다. 걸렸으면 '엄마한테 준다는 걸 잘못 줬네' 둘러댈 생각이었는데, 아이는 유부초밥을 먹으면서 아무 얘기도 하지 않고 맛있게 잘 먹었다.

이렇게 범행에 성공하면 재범을 하게 된다. 유부 속에 이것저것 섞어보게 되는 것이다. 그러다 하루는 유부를 벌려 삶은 달걀을 바닥에 깔고 있었는데, 아이한테 또 딱 걸리고 말았다. 범행에 성공을 거듭하다 보니 아빠가 긴장감을 잃은 것이다. 주방 쪽으로 걸어오는 아이를 보고도 삶은 달걀 넣는 모습을 감출 생각을 못했다.

"어, 이거 뭐야. 난 속에 이거 넣는 거 싫어~ 난 밥만 있는 거 먹을래."

처음엔 '망했다'고 생각했다. 현장을 들킨 아빠는 어떻게 했을까? 유부에 밥을 밀어 넣으면서 고민했다. 일단 만드는 패턴을 바꿨다. 달걀 숨긴 유부초밥들은 그대로 두고, 다음 것부터는 달걀을 밥 위에다 잔뜩 올려서 잘 보이도록 만들기 시작했다. 누가 봐도 '달걀 듬뿍 유부초밥'이라 부를 만한 것을 몇 개 더 만들었다.

이제 그걸 '달걀 숨긴 유부초밥'과 비교가 되도록 접시에 놓았다. 달걀 듬뿍은 '아빠 것', 달걀 숨긴 건 '네 것'이라고 말했다. 아이가 더 싫어하는 비주얼을 만들어서, 달걀 숨긴 것을 낮게 보이게 만들었다. 아이는 본 게 있으니, 의심을 거두지 않았다.

"여기 속에… 뭐 넣었지?"

"그건 아주 쪼~끔 넣은 거지. 아빠 건 달걀 잔뜩 올린 거고. 둘 중에 먹고 싶은 거 먹어~"

아이는 다행히 잘 먹었다. 또 한숨 돌렸다. 하지만 다음번에는 아이가 유부초밥 내부를 의심하고 분해에 나설수 있다. 그때도 뭔가 대책 마련이 필요할 것이다.

10대의 시작,
두뇌 싸움 2라운드

———

원고를 쓴 것은 아이가 9살 때였는데, 녀석은 벌써 11살이 되었다. 어엿한 10대다. 아빠가 아이 행동에 영향을 미치는 것은 점점 어려워지고 있다. 때로는 힘에 부친다는 점을 고백해야겠다.

엄마가 사 온 바지가 불편하다며 아이가 입지 않아서, 나는 아이한테 "전천당에 나오는 '딱 맞아 땅콩' 과자가 필요하겠네"라고 말한 적이 있다. '딱 맞아 땅콩'은 '전천당'이라는 아동용 책에 나오는 신비한 과자인데, 이걸 먹으면 아이들이 잘 맞는 옷을 사 입을 수 있다. 아이가 어렸으면 이런 얘기 좋아했을 텐데, 10대는 싫어한다는 것을 깨닫고 있다. 아이는 나한테 돌려 말하지 말라는 식으로 투덜댔다.

엄마가 '엄마 사용 설명서'라는 책을 읽어보라고 권할 때도 그랬다. 엄마는 아이한테 이 책 읽고 엄마를 네 마음대로 사용하려고 하면 안 된다고 장난스럽게 말했다. 예전 같았으면 책을 들춰 보기라도 했을 텐데, 아이는 이미 엄마 마음을 훤히 꿰뚫어보고 있었다. 아이는 '그렇게 말해도, 이 책 절대 안 읽어' 말하고 움직이지 않았다. 아이가 10대가 되면서 이 책에 담긴 방법들은 점점 그 효과를 잃어가고 있다. '10대의 행동에 영향을 미치는 법'이라는 새 책이 필요할 정도다.

하지만 아직까지는 희망이 있다. 아침에는 기분 좋게 일어나라고 아이가 가장 좋아하는 포켓몬스터 노래를 틀어준다. 뭐라도 먹고 학교 가라고, 아빠는 '펭귄 얼음 깨기' 보드게임을 한판 하면서 아이한테 시리얼을 준다. 새로운 학원을 갈 때도 친구 부모와 작당해 같이 보낸다. 가기 싫어하면 '학교에서 같은 반' 못해서 아쉬우니까, '학원에서 같은 반' 하라고 강조한다.

학원 스트레스 좀 덜어줄 수 있을까 해서, 아빠는 학원에서 나온 아이와 붕어빵을 사러 간다. 학원 건물에 몰래 숨어 있다가 아이를 놀라게 한 적도 여러 번. 아이는 수업 끝나면 아빠한테 들키지 않으려고 몸을 벽에 밀착해 건물을 빠져나오기도 한다.

최근 아이 엄마한테 칭찬 받은 얘기를 덧붙여야겠다. 하루는 아이가 자기 전, 코가 너무 막힌다면서 불편해 했다. 나는 집에 있던 코막힘 약을 1/4로 쪼개 아이한테 줬다. 며칠 뒤 아이가 또 불편함을 호소했다. 아이는 전에 먹었던 약이 효과가 있다고 생각했는지, 다시 약을 달라고 했다.

나는 아이가 불편할 때마다 매번 약을 주는 것은 원하지 않았다. 약 먹지 말고 좀 기다려보자고 했더니 아이와 실랑이가 시작됐다. 난 실랑이가 길어지는 것도 원치 않았다. 잠깐 고민하다 '약을 주겠다'고 말했다.

난 주방에 가서 약을 찾는 척하고, 비타민C 1,000mg짜리 끝부분을 살짝 쪼개서 그게 코막힘 약이라고 아이한테 줬다. 비타민C는 실제 코막힘 약보다 두꺼웠지만 하얀 색깔은 똑같다. 아이 눈썰미는 보통이 아니었다. "이게 약이야? 큰데…" 난 속으로 긴장했지만 물을 들고 태연하게 기다렸다.

아이는 그게 코막힘 약인지, 다른 무엇인지 알아낼 방법이 없었다. 어쩔 수 없이 물과 함께 삼키더니 말했다. "아빠, 와! 코 바로 뚫렸어~" 플라시보 효과가 눈앞에서 펼쳐지고 있었다. 이제 아이한테는 코 막히는 날이 비타민C 먹는 날이 될 것이다. 10대와 벌이는 두뇌 싸움 2라운드가 시작되었다.